AF187371

Tucholsky Wagner Zola Scott Sydow Freud Schlegel
Turgenev Wallace Fonatne
Twain Walther von der Vogelweide Fouqué Friedrich II. von Preußen
Weber Freiligrath Frey
Kant Ernst
Fechner Fichte Weiße Rose von Fallersleben Richthofen Frommel
Hölderlin
Engels Fielding Eichendorff Tacitus Dumas
Fehrs Faber Flaubert
Maximilian I. von Habsburg Fock Eliasberg Zweig Ebner Eschenbach
Feuerbach Ewald Eliot Vergil
Goethe Elisabeth von Österreich London
Mendelssohn Balzac Shakespeare Dostojewski Ganghofer
Lichtenberg Rathenau Doyle Gjellerup
Trackl Stevenson Hambruch
Mommsen Tolstoi Lenz Droste-Hülshoff
Thoma Hanrieder
Dach Verne von Arnim Hägele Hauff Humboldt
Karrillon Reuter Rousseau Hagen Hauptmann Gautier
Garschin
Damaschke Defoe Hebbel Baudelaire
Descartes
Wolfram von Eschenbach Dickens Hegel Kussmaul Herder
Bronner Darwin Schopenhauer Rilke George
Melville Grimm Jerome
Campe Horváth Aristoteles Bebel Proust
Bismarck Vigny Barlach Voltaire Federer Herodot
Gengenbach Heine
Storm Casanova Tersteegen Grillparzer Georgy
Chamberlain Lessing Langbein Gilm Gryphius
Brentano Lafontaine
Strachwitz Claudius Schiller Kralik Iffland Sokrates
Katharina II. von Rußland Bellamy Schilling
Gerstäcker Raabe Gibbon Tschechow
Löns Hesse Hoffmann Gogol Wilde Vulpius
Luther Heym Hofmannsthal Gleim
Roth Klee Hölty Morgenstern Goedicke
Luxemburg Heyse Klopstock Puschkin Homer Kleist
Machiavelli La Roche Horaz Mörike Musil
Navarra Aurel Musset Kierkegaard Kraft Kraus
Nestroy Marie de France Lamprecht Kind Kirchhoff Hugo Moltke
Laotse Ipsen Liebknecht
Nietzsche Nansen Lassalle Gorki Klett Ringelnatz
von Ossietzky Marx Leibniz
May vom Stein Lawrence Irving
Petalozzi Platon Knigge
Sachs Poe Pückler Michelangelo Kock Kafka
Liebermann Korolenko
de Sade Praetorius Mistral Zetkin

Der Verlag tradition aus Hamburg veröffentlicht in der Reihe **TREDITION CLASSICS** Werke aus mehr als zwei Jahrtausenden. Diese waren zu einem Großteil vergriffen oder nur noch antiquarisch erhältlich.

Symbolfigur für **TREDITION CLASSICS** ist Johannes Gutenberg (1400 — 1468), der Erfinder des Buchdrucks mit Metalllettern und der Druckerpresse.

Mit der Buchreihe **TREDITION CLASSICS** verfolgt tradition das Ziel, tausende Klassiker der Weltliteratur verschiedener Sprachen wieder als gedruckte Bücher aufzulegen – und das weltweit!

Die Buchreihe dient zur Bewahrung der Literatur und Förderung der Kultur. Sie trägt so dazu bei, dass viele tausend Werke nicht in Vergessenheit geraten.

Soldatenbüchlein

Joseph Christian von Zedlitz

Impressum

Autor: Joseph Christian von Zedlitz
Umschlagkonzept: toepferschumann, Berlin

Verlag: tredition GmbH, Hamburg
ISBN: 978-3-8424-9461-9
Printed in Germany

Rechtlicher Hinweis:
Alle Werke sind nach unserem besten Wissen gemeinfrei und
unterliegen damit nicht mehr dem Urheberrecht.

Ziel der TREDITION CLASSICS ist es, tausende deutsch- und
fremdsprachige Klassiker wieder in Buchform verfügbar zu
machen. Die Werke wurden eingescannt und digitalisiert. Dadurch
können etwaige Fehler nicht komplett ausgeschlossen werden.
Unsere Kooperationspartner und wir von tredition versuchen, die
Werke bestmöglich zu bearbeiten. Sollten Sie trotzdem einen Fehler
finden, bitten wir diesen zu entschuldigen. Die Rechtschreibung der
Originalausgabe wurde unverändert übernommen. Daher können
sich hinsichtlich der Schreibweise Widersprüche zu der heutigen
Rechtschreibung ergeben.

Erstes Heft.

Dem österreichischen Heere in Italien gewidmet.

1848

An das Heer

Als alles wankte wie auf wildem Meere,
Verrath Genossen fand im Vaterlande;
Als aufgelöst des Rechts, der Treue Bande,
Und, daß das Edle selbst in Schmach sich kehre,
Der frechen Schwindler frevelhafte Lehre
Die Freiheit nahm zum Banner ew'ger Schande:
Da setztet Blut und Leben Ihr zum Pfande
Und Euren Muth als Schild und starke Wehre;
Ihr standet fest im allgemeinen Brande
Und Tugend war nur noch allein im Heere.

Ihr habt nicht lang gezögert und berathen,
Die Ehre war der Odem Eurer Lungen:
»Den Degen hoch und muthig vorgedrungen!« –
Ob jedes Aug' auch tückisch Euch verrathen,
Der Grund selbst hohl, den Eure Füße traten,
Ihr habt dem Drachen, der Euch angesprungen,
Gezeigt die Igelhaut, bis er bezwungen
Im Staub sich wand. So aus den blut'gen Staaten,
Die Ihr gepflanzet mit des Schwertes Spaten,
Ist ächter Freiheit goldne Frucht gedrungen.

Euch sah Europa! und die Weltgeschichte
Schrieb in der Alpen ew'ge Felsenwände
Mit Flammenschrift und Griffel, Riesenbände
Zu Eurem Ruhme: dieses Kampfs Berichte! –
Und lesen wird, die Scham im Angesichte,
Der Wandrer einst am marmornen Gelände,
(O, daß die Schmach in alle Zeit es schände!)
Wie sich des Danks ein freches Wolfsgezüchte
Entschlug zu Wien! Armsel'ge Feuerbrände
Im Kampfe mit der Sonne reinem Lichte! –

Doch nach zog Euch auf Euren Siegeswegen,
Geführt von Eurer Thaten hellem Glanze,
Ein Saitenspiel zur Hand statt Schwert und Lanze,

Ein greiser Dichter, der den eignen Degen
Längst abgegürtet! Wo auf Euren Stegen
Im Schlachtendonner, in des Krieges Tanze,
Ein Lorbeerreis, ein Blatt entfiel dem Kranze,
Hob er es auf, eh's weg die Winde fegen,
Daß in der Dichtkunst heil'gen Grund er's pflanze,
Er's auf des Tempels Stufen möge legen.

O wär' ein Sänger, der Euch gleich, zur Stelle!
Ihr wäret werth den Besten aller Zeiten,
Deß goldne Eimer auf und nieder gleiten
Im spiegelklaren Strom der Sangeswelle,
Euch Trank zu reichen aus krystallner Quelle!
O möcht' ein Adler er die Flügel spreiten,
Auf Eurem Sonnenflug Euch zu geleiten,
Mit Euch zu schreiten in des Glanzes Helle! –
Ich aber kann nur schwach die Arme breiten
Zu Euch empor von meiner niedern Schwelle.

Chorgesang.

Ruft laut im Jubelklang:
Radetzky lebe lang,
Der greise Held.
Glänzender Edelstein,
Lichthell und sonnenrein
Im Siegesfeld.

Du, aller Ehren Bild,
Bist Oestreichs starker Schild,
Droht ihm Gefahr;
Stolz in den Wolken schwebt
So lang Radetzky lebt
Der Doppelaar.

Fest in der dunklen Schlacht,
Mitten in Todes Nacht
Stehn wir bei Dir,
Folgen, ob blutig roth
Drohe Gefahr und Tod;
Nicht weichen wir.

Wir wollen mit Dir gehn,
Wir wollen bei Dir stehn
Zum letzten Mann!
Hoch Dir Radetzky, hoch,
O lange, lange noch
Zieh' uns voran!

Santa Lucia.

Karl Albert hatte lang sich ausgeruht,
Die Welschen lebten über Maßen gut
Im Ueberfluß und waren wohl geborgen;
In Oestreichs Lager ist kaum leidlich Brod,
Mit jedem neuen Morgen thut es noth,
Sich um den nächsten schon zu sorgen.

Karl Albert zieht mit jedem Tage mehr
Des Volks zusammen, stündlich wächst sein Heer,
Und das gesammte Welschland prahlt in Waffen;
Der deutschen Krieger Zahl ist nur gering,
Da scheint's dem König gar ein leichtes Ding,
Verona frisch hinweg zu raffen.

Und früh am Morgen rollet Trommelklang
Vom Feindeslager her das Thal entlang
Und die Gewehre glänzen in der Sonne;
Kanonen orgeln schon von allen Höhn
Als sollte heut die Welt in Trümmer gehn,
Sie machen Bahn der Sturmkolonne.

Ist Sanct Lucia erst in seiner Hand,
Dann hält die Festung schwerlich lange Stand;
D'rum stürzt der Feind darauf mit ganzen Massen,
Und meint, weil wie Gewitterschloßen dicht
Kartätschenhagel in die Glieder bricht,
Es werde Oestreichs Muth erblassen.

Doch Kopal und die Jäger sind am Ort,
Das zehnte Bataillon, die halten dort
Nach ihrer Nummer: »Einer gegen Zehne!«
Viermal heran stürmt neue Uebermacht –
Viermal, sobald der Jägerstutzen kracht,
Flieht sie zurück die Bergeslehne.

Dort rechts steht d'Aspre[1] im Entscheidungskampf;
Und in der Mitt' aus dichtem Pulverdampf
Oestreich'scher Prinzen Federbüsche winken,
Wo Wratislaw[2] gleich einer Säule hält,
Indeß der Tod umher die Reihen fällt,
Die blutig auf den Rasen sinken.

Und Leutzendorf[3] und Salis[4] liegen todt,
Manch Andrer noch, der erst noch frisch und roth.

Es wankt der Kampf. – Doch auf dem Kirchhof halten
Die Jäger noch, und rasch fliegt Clam[5] heran
Mit seinen Batterien die Siegesbahn!
Der junge Held erfreut den Alten.

Der Marschall sieht, gewonnen ist der Tag,
Und reitet heim, wo er der Sorge pflag
Auch für der schnöden Feinde Schmerz und Wunden.
Sie führten nicht so ritterlichen Krieg,
Wir aber haben nach erfochtnem Sieg
Sie früher als uns selbst verbunden.

Man hatte zu Verona, als man focht,
Schon für Karl Albert und sein Heer gekocht, –
Doch sind sie nieder nicht zu Tisch gesessen.
Oestreicher setzten sich an ihrer Statt
Und haben sich nach tücht'ger Arbeit satt
Am leckern welschen Mahl gegessen.

---

[1] Kommandant des 2. Armeecorps.

[2] Kommandant des 1. Armeecorps.

[3] Obrist-Lieutenant bei Geppert-Infanterie Nr. 43.

[4] Generalmajor.

[5] General Graf Eduard Clam Gallas.

Die Tiroler Schützen.

1.

Viel hat welsches Grenzgesindel, das so manchen langen Tag
In den Schenken müßig weilte, lärmend in den Straßen lag,
Frech zu prahlen sich vermessen: an der hohen Brennerwand
Werde künftig es den Grenzpfahl stellen vom Tirolerland.

Komödianten und Studenten, Räuber, die auf Weg' und Stegen,
Reisenden den Sack zu kappen, oft im Hinterhalt gelegen;
Schmuggler, und die Diebe Mailands, die jetzt frei ihr Handwerk trieben –
Alles rennt herbei, die »Herren« waren nicht zurückgeblieben.

Und die Fürstin Velgiojoso, Vrescia's kühne Amazonen,
Tugendreiche Damen, kamen rittlings auf den Bergkanonen;
Ihre Rücke hoch geschürzet, schritten sie dem Heer voran,
Zeigten was in rauhen Bergen hoher Muth der Frauen kann.

Als den wackeren Tirolern zukam jene Schreckenskunde,
Mit den Stutzen auf der Schulter und der kurzen Pfeif' im Munde,
Aus der Thäler tiefen Gründen, von der hohen Berge Kanten
Stiegen sie – die Allerkleinsten glichen mäßigen Giganten.

Und sie sahn weit aus der Ferne schon auf allen Felsen-
spitzen
Jene *prodi cavalieri* mit gespanntem Hahne sitzen;
Und der Welschen lange Büchsen und die Bergkanonen
knallen,
Doch von den Tirolerbuben ist kein einziger gefallen.

Da entgegen treten siebzehn aus den Reihen unver-
drossen,
Die ihr Pulver in der Heimath selten noch umsonst verschossen,
Steigen ruhig an den Felsen aufwärts, steigen unbekümmert,
Wie die Bäume neben ihnen auch das welsche Blei zertrümmert.

Und als sie herangekommen, wo die Feinde trotzig
standen,
Eine lange Schützenkette, und sie eben schußrecht fanden,
Donnerten die siebzehn Büchsen, und das Echo don-
nert wieder,
Und herab von Fels zu Felsen stürzen dreizehn Leichen
nieder.

Solcher grober Scherz erscheinet unsern Prodi nicht ge-
heuer,
Und es dünkt sie in Tirol sei doch die Zeche ziemlich
theuer.
Und sie eilen was sie können von den engen Felsenste-
gen
Wieder nach den weiten Thälern, nach den breit ge-
tretnen Wege».
Vorn die Fürstin Belgiojoso wieder auf der Bergkanone,
Hinter ihr in wilden Haufen die zerstreuten Bataillone;
Brescia's kühne Amazonen schürzen wieder auf die
Röcke,
Fliehen mit den tapfern Männern wacker über Stein
und Stöcke.

Eine Spähwacht der Tiroler war genug dem Feindes-
heer,
Und kein welscher Fußtritt schändet jenen heil'gen Boden mehr.

2.

Als es auf dem festen Lande mit dem Kreuzzug nicht
gegangen,
Wo so gröblich die Barbaren ihre feinen Gäst' empfan-
gen,
Wollten sie's zu Schiffe wagen. Auf dem Gardasee gezogen
Kamen mächt'ge Kriegesdampfer durch den Amethist
der Wogen,

Schnitten durch die klaren Fluten, flogen hin am
Fruchtgelände
Goldner Hesperidengärten, duftender Citronenwände,
Und der Capitän, erhoben an des Steuerruders Rand,
Blickte siegesstolz, den Tubus und das Sprachrohr in
der Hand.

Kaum daß er die grünen Hüte mit den Spielhahnfedern
schaute,
Rollten auch schon der Geschütze ungestüme Donner-
laute,
Und er meint, lang eh' die Stutzen noch das ferne Schiff
erreichen,
Würden die erschrocknen Schützen Sechsundreißig-
Pfündern weichen.

Da tritt vor ein grauer Schütze, nimmt gleich wie zum
Scherz sein Ziel,
Und schlägt an, setzt ab, zielt wieder, wie man pflegt
beim Scheibenspiel,
Und indeß das Schiff noch sorglos fern sich in den Wo-
gen wiegt,

Kracht die Büchse und des Alten sichre Todeskugel fliegt.

Auf dem Dampfer stäubt's vom Boden, und gleich einem Trunknen fällt
Taumelnd auf's Gesicht der Schiffer todt, der noch das Sprachrohr hält;
Und im Nu kehrt das Geschwader und fährt heim mit vollem Dampfe,
Was der Kessel hält, entfliehend dem verhängnißvollen Kampfe.

Und vom Land Tirol der Grenzpfahl steht noch wo er immer stand,
Am Isonzo, am Tonale, und nicht an der Brennerwand.

Curtatone.

Es hielt der Sonne hellen Schild
Ein Nebelstreif bedecket,
Und hatte lang' ihr strahlend Bild
Dem blöden Aug' verstecket.
Ihr meintet, weil sie abgewandt
Und hinter einer Wolke stand,
Sey sie vom Himmelsbogen
Auf immer fortgezogen.

Sie rastet nur! Seht ihr nicht dort
Den Purpurstreif sich trennen,
Und wie er bleich verschwimmt am Ort,
Sie neu und blutig brennen!
Heut gilt es einen warmen Tag,
Heut gilt es einen tapfern Schlag,
Heut wird sich's offenbaren
Weß Geistes Oestreichs Schaaren! –

Sieh! – Zobel[6] und Lichnowsky[7] stehn
Kühn schon dem Feind entgegen,
Weil ungehört und ungesehn
Die Massen sich bewegen!
Indeß es auf den Bergen kracht,
Ziehn die im Mantel dunkler Nacht
Im Thalgrund fort, verborgen,
Und stehn geschaart am Morgen. –

O Kriegessang, o Siegesklang,
Wie schallst du jetzt so muthig
Den Mincio, die Etsch entlang,
Wie tönt dein Lied so blutig!
Das ist Radetzky's Heldentritt,

---

[6] Oberst vom Tiroler Jägerregiment.
[7] Feldmarschall-Lieutenant Graf Lichnowsky.

Das ist Altöstreichs Siegesschritt,
Vor dem der Boden zittert
Und weit die Luft gewittert.

Von Curtatone dröhnt es laut,
Dort ist ein kühnes Werben;
Dort gilt es, um die Siegesbraut
Auf grünem Grund zu sterben;
Dort tanzen sie den Waffentanz,
Dort schlingt sich blut'ger Rosenkranz
Um Stirnen, die erbleichen,
Um junge, schöne Leichen.

Held Benedeck[8] und Wohlgemuth[9]
Sind ein Paar stolze Werber,
Sie fassen, wie mit wilder Glut
Hoch in der Luft der Sperber
Die Taube faßt – mit heißer Gier
Die Braut bei ihres Gürtels Zier,
Die Feindesschaaren ringen
Umsonst, sie zu bezwingen.

Clam, Döll, Strafsoldo, Liechtenstein,[10]
Geschwärzt vom Schlachtendampfe,
Wie führen sie die tapfern Reihn
So todesfroh zum Kampfe!
Sis felix Schwarzenberg![11] Voran! –
Ein Schuß hemmt seine Siegesbahn – –
O könnt' ich Alle nennen,
Die Tapfersten erkennen!

Kein Einzelner gewann den Preis,
Der letzte Mann im Heere

---

[8] Oberst beim Regiment Giulay Nr. 33 und Brigade-Commandant.
[9] Generalmajor und Brigade-Commandant.
[10] Brigade-Commandant.
[11] Als er schon die Vorstadt von Goito erstürmt.

Steckt an den Hut das Lorbeerreis
Und theilt des Kampfes Ehre!
Es tönt der Ruhm aus Oestreichs Zelt
Weithin durch die erstaunte Welt,
Und Angst bebt von Malghere
Bis zum Tirrhener Meere.

Vicenza.

In Vicenza manchen Tag
Harret schon ein Heer gerüstet,
Dem es sehr nach Kampf gelüstet;
Das gelobt, mit einem Schlag
Die Barbaren zu vernichten,
Und St. Marco aufzurichten.

Schwarze Bärte, Heldengang,
Und die Mäntel kühn geschwungen,
Und viel kühner noch die Zungen,
Dolch im Gürtel, spitz und lang,
Grimme Kalabreserhüte, –
Seht da Welschlands stolze Blüthe!

Schweizer, die um guten Sold,
Ohne viel »für wen« zu fragen,
Ihre Haut zu Markte tragen,
Deren Vaterland das Gold,
Wollen Oestreichs Scepter brechen,
Doch es bleibt bei dem Versprechen.

»Kommt Radetzky, geht's ihm schlecht;«
So die tapfern Welschen prahlen:
»Er soll uns die Zeche zahlen,
Wann er sich des Kampfs erfrecht
Mit Italiens hohem Muthe,
Der nur lechzt nach deutschem Mute.«

»Wißt, Vicenza ist so fest,
Daß der Feind des Himmels Zinnen
Eher möcht' im Kampf gewinnen,
Als er hier sich baut ein Nest;
Mit Gestein und heißem Oele
Grüßt ihn jede Fensterhöhle.«

»Auf den nahen Bergen stehn,
Rings umschanzt mit Bastionen,
Batterien; die Kanonen
Hin nach allen Seiten sehn;
Pfähle, Gräben, Wolfsgehege
Sperren allwärts Weg' und Stege.« –

»Von der Höh' ein Blockhaus droht,
Hinter dessen festen Mauern
Unsre Feuerschlünde lauern
Dem, der naht, zum sichern Tod;
Eine grimmige Hyäne
Fletscht es die metallnen Zähne.«

So die Welschen. – Da herein
Athemlos ein Bote dringet,
Der des Angriffs Kunde bringet. –
»Wie, Radetzky sollt' es seyn?
Ei, der müßte Flügel haben,
Liegt bei Mantua begraben.« –

»Horcht doch auf, hört Ihr denn nicht
Wie der Donner der Kanone
Noch erdröhnt von Curtatone?«
Doch war's wie der Bote spricht:
Oestreichs scharfe Waffen blinken,
Drohend seine Farben winken.

Hei, Vicenza, aufgemacht!
Nah' heran schon Schützen springen,
Bald wird ihrer Hörner klingen
Lustig rufen in die Schlacht!
Wie's so frisch mit einemmale
Wimmelt, wogt und glänzt im Thale!

Und die Welschen werden bleich,
Eben noch so todesmuthig!
»Heute wird der Boden blutig,
Ist die That den Worten gleich.

Heute werden wir erfahren,
Ob der Muth bei Euren Schaaren!«

Seht, schon steht das welsche Heer
Mächtiger Barbarensieger,
Achtzehntausend kühne Krieger,
Hinter hoher Mauern Wehr,
Ueber die hinaus die Spitzen
Nur der Bajonette blitzen.

Und durch's Thal im Morgenglühn
Ziehn heran mit festem Tritte,
Tapfre Führer in der Mitte,
Oestreichs Bataillone kühn;
Mit entschloss'nem Muthe, schweigend,
Höh' um Höh' im Sturm ersteigend.

Jener Mann von festem Stahl,
Culloz,[12] führet, die am Morgen
Er dem Feinde klug verborgen,
Jetzt heran mit einemmal;
Läßt aus Schneiders[13] Feuerschlünden
Seinen Siegertritt verkünden.

Bald ist er den Berg heran.
»Vorwärts, vorwärts, kühne Streiter,
Weicht nicht, frisch nur immer weiter!
Fest geschlossen Mann an Mann,
Ohne Schuß vom Parapette,
Weist sie mit dem Bajonette!«

Stürmend jetzt die Jäger nahn,
Jene »Zehnten,« die so wacker
Auf Lucia's Todtenacker
Wunder vor dem Heer gethan;

---

[12] Generalmajor und Divisions-Commandant.
[13] Oberlieutenant vom 4. Artillerie-Regiment.

Vorn Held Kopal, bis die Wellen
Roth aus breiter Wund' ihm quellen.

Doch sein Tod hält sie nicht auf:
Später ist es Zeit zu trauern,
Erst erklommen Wall und Mauern,
Immer vor im raschen Lauf!
Lammer[14] stürmt auf hundert Schritte
Und Jablonsky[15] vor der Mitte.

Sind die Ersten auf dem Wall,
Alle Höhen sind erklommen,
Und das Blockhaus ist genommen![16]
Und der Feinde dichter Schwall
Weicht; doch frische Schaaren kommen
Und der Kampf ist neu entglommen.

Noch aus hundert Schlünden kracht
Donner feindlicher Geschütze,
Und die rochen Todesblitze
Flammen durch den Rauch der Schlacht,
Schlagen in die dichten Glieder,
Reißen Reih' um Reihe nieder.

Und manch tapfrer Führer sinkt;
Kavanagh[17] schon nah' dem Munde
Der Kanon', au« deren Spunde
Eben jetzt die Flamme blinkt,
Ist zerstückt, zerstäubt, verschwunden –
Seine Spur wird kaum gefunden!

Bis der grünen Steiermark
Flinke Bursche vorwärts dringen,

---

[14] Oberlieutenant im 10. Jägerbatallion.

[15] Hauptmann im 10. Jägerbataillon.

[16] Nebst dem 10. Jägerbataillon von den böhmischen Infanterie-Regimentern Latour Nr. 28 und Reisinger Nr. 18.

[17] Oberst des ungarischen Infanterie-Regiments E.H. Franz Carl Nr. 51.

Sich zur Höh' wie Adler schwingen,
Todesmuthig, heldenstark.
Reischach[18] führt sie. – Sie sind oben!
»Meine Steirer muß ich loben!«

»Rührt die Trommel, schlaget Sturm!
Frisch heran von allen Seiten,
Um den Preis des Siegs zu streiten!
Von Vicenza's höchstem Thurm
Soll man noch vor Abend sehen
Oestreichs stolze Fahnen wehen!«

Auch der tapfre Taxis[19] fällt,
Und die Todten liegen dichter,
Und die Heldenschaar wird lichter,
Die im Kugelregen hält.
»Von der Ruhmesstraße blutig
Weiche nicht, mein Oestreich muthig.« – –

Sieg! Sieg! Sieg! in wilder Hast
Fliehn *Abbati, Literati,*
Possidenti, Avvocati,
Crociati sonder Rast,
Des gesammten Welschlands Wehre,
All' Gesindel ohne Ehre!

Held Durando ruft: Pardon!
Fünfzehntausend Feinde legen
Uns zu Füßen ihre Degen,
Ziehn gesenkten Haupts davon –
Glücklich, daß sie nur gefangen,
Nicht, wie sie's verdient, gehangen!

---

[18] Oberst des steirischen Infanterie-Regiments Prochaska Nr. 7.

[19] Generalmajor Fürst Wilhelm Taxis.

Der Commandant von Peschiera.

20

In die Festung von Peschiera, durch Karl Alberts Macht
umschlossen,
Wurden vierzigtausend Kugeln auf den Platz vom
Feind geschossen.
Durch acht Wochen hab' ich seinem Feuer muthig
Stand gehalten,
Und dem Kaiser, meinem Herren, das vertraute Gut
erhalten;
Denn ich setzte meines Namens guten Klang in Oe-
streichs Heere
Ein zum Pfand, des Greises Treue, des Theresienritters
Ehre! –
Und es wich das kleine Häuflein eher nicht dem Sar-
denschwerte,
Bis es nicht schon längst statt Salzes, Pulver in dem Brei
verzehrte,
Bis der letzte Bissen Brodes und das letzte Maiskorn
schwanden,
Die Kanonen keine Schützen, keinen Arzt die Wunden
fanden! –
Als erschöpft das letzte Mittel, und unmöglich jede
Wehre,
Zog aus den zerschoss'nen Wällen strahlend ich in
Kriegesehre!

---

[20] Feldmarschall: Lieutenant Baron Jos. v. Rath.

Der Feldkaplan.

21

Ein Priester wallt durch's Leichenfeld,
Ein waffenloser Pilger,
Ein frommer, milder Gottesheld,
Ein Retter, kein Vertilger.

Und wo ein Mann im herben Schmerz
Verblutet an den Wunden,
Hat er mit Trost gestärkt sein Herz,
Mit Linnen ihn verbunden.

Und wo am heißesten der Kampf,
Im dichten Kugelregen
Steht er gehüllt in Pulverdampf
Und spricht den Sterbesegen.

Einst rannten sich die Schützen an,
Die Büchsen sprühn Verderben,
Da sinkt getroffen hin ein Mann
Auf's Schlachtfeld, um zu sterben.

Und hineilt, eh' der Geist entflieht,
Der Priester voll Erbarmen
Und hält ihn, der verscheidend liegt,
Empor in seinen Armen.

Die Kugeln sausen nah und fern,
Doch Er reicht auf die Reise
Dem Sterbenden den Leib des Herrn,
Die süße Himmelsspeise.

Da ruht der Kampf; die beiden Reihn,
Sie stehen fern geschieden

---

[21] Czerkas vom Regiment Fürstenwärther Nr. 56.

Und schauen ernst und schweigend drein,
Und halten Gottesfrieden.

Doch als der Held sein Werk vollbracht,
Des Todten Seel' entflogen,
Da brausen wild, wie erst, der Schlacht
Getrennte, blut'ge Wogen.

Vier Winkelriede.

Gelagert hat sich eine Nebelschichte
Wohl zwischen uns und jenen alten Reichen
Der Vorzeit; doch hervor tritt aus dem bleichen
Gewöll' ihr Ruhm, unsterblich im Gedichte.

Wenn ich euch Thaten *unsrer* Zeit berichte,
So sind sie jenen *größten* zu vergleichen,
Und meine Helden werden *Keinem* weichen,
Den uns verherrlicht Sag' und Weltgeschichte.

Jüngst stand der Feind auf einer Hügelkette
In Massen, wohl gegliedert und geschlossen,
Gleich finstrer Wolke, schwer von Hagelschlossen,
Und hielt gefällt die starren Bajonette.

Doch standen ihm noch Kühnere zur Wette,
Die, nicht geschreckt von Speeren und Geschossen,
Zu siegen oder sterben sich entschlossen
Auf dieses Todtenfeldes blut'gem Bette!

Vier Officiere waren vorgesprungen,
Vier Lorbeerranken in demselben Kranze,
Die hielten um den Nacken wie beim Tanze
Sich mit dem Arm zu einer Kett' umschlungen.

Der andre hielt den Degen hochgeschwungen;
Und als heran gestürmt sie an die Schanze,
Stürzten sie blind sich in Geschoß und Lanze
Und ihnen nach ist ihre Schaar gedrungen! –

Wohl zahlten sie mit ihrem edlen Blute,
Die Winkelriede! Ihre Wunden troffen;
Doch eine Bresche hatten sie geschlagen
Mit ihren Leibern und mit ihrem Muthe,
Und eine Gasse war den Siegern offen,
Wo die vier Helden bleich und sterbend lagen! –

Kinsky.

Steierisches Infanterie-Regiment Nr. 47.

Der tapfre d'Aspre ritt heran mit seinem Stab,
Da stand, zur Heerschau aufgestellt in vollem Schmuck
Der Waffen, Kinsky, jenes Heldenregiment,
Auf das die andern dieses sieggekrönten Heers
Mit edlem Neid und freudiger Bewunderung schaun.
Bianchi ist es, der's im Schlachtgewühl geführt,
Und Regiment und Obrist sind einander werth.
(Den Vater kennt die Welt: in Deutschlands, Welsch-
lands Grund
Sind seiner Heldenschritte Stapfen eingedrückt;
Der Apfel aber fiel nicht weit vom Stamm.)
Als nun der tapfre d'Aspre sich den Reihen naht,
Zieht schweigend er den Hut herab vom Haupt, mit
ihm
Die Officier' und Generale, sein Gefolg,
Und reiten baarhaupt an der edlen Steiermark
Glorreichen Söhnen hin, die, wo's den Wettkampf galt,
An Tapferkeit vorangeglänzt in jeder Schlacht!
»Nur mit gezognem Hute nah' ich Euch fortan«
Spricht jetzt der Feldherr! – Da beginnt die Kriegsmu-
sik,
Die Trommeln wirbeln, und es braust der Sieges-
marsch,
Und wie er reitet, neigen sich die Fahnen Ihm.

Sturmpetition.

Herr Marschall, Ihr seyd ein Ehrenmann;
Doch habt Ihr an uns nicht recht gethan:
Stets haben »Kinsky« den besten Ort
Und jene zehnten Jäger dort!
Die schnappen überall die Ehr',
Als wären sie allein im Heer,
Bekommen den besten Bissen der Schlacht,
Daß ihnen das Herz im Leibe lacht.

Wir müssen nehmen zu jeder Frist
Was grad zu nehmen übrig ist.
Es ist zwar immer auch Etwas,
Allein 's ist eben doch nicht das.
Ein Jeder hat doch gern sein Recht,
Und wir, Herr Marschall, sind auch nicht schlecht!
Drum greift den Feind Ihr wieder an,
Dann, seyd so gut, laßt *Uns* voran.

Custozza.

1. Somma-Campagna.

Auf, auf! die Waffen angethan,
Es naht die dunkle Nacht heran;
Kein Trommelwirbel, kein Hörnerklang,
Stumm ziehn die Reihn den Weg entlang.

Die Wolken hängen tief und schwer
Am schwarzumzognen Himmel her,
Im Sturmesbrausen der Lärm verhallt,
Kein Fußtritt in die Ferne schallt.

Der Regen strömt, der Donner grollt,
Und in des Wetters Toben rollt
Geschütz und Brückzeug ungehört,
Von Feindeswachen ungestört.

So aus Verona zieht das Heer,
Der Morgen sieht die Festung leer,
Im Nachtsturm hat es ungeahnt
Sich rasch und still den Weg gebahnt.

Vom Hochgebirg kommt Thurn[22] heran,
Lichnowsky bricht am Garda Bahn,
Weil Zobel kreist im Adlerflug
Hoch über kahler Berge Zug.

Und längs dem Mincio, als kaum
Karl Albert wach vom Morgentraum,
Schlägt Wocher[23] kühn drei Brücken, dicht
Dem Sardenkönig vor's Angesicht.

---

[22] Feldmarschall-Lieutenant Graf Thurn, Kommandant des 2. Armeecorps.
[23] Feldmarschall-Lieutenant Wucher, Kommandant des 1. Reservecorps.

Und als der helle Mittag schien,
Da donnerten die Batterien,
Da ritt der Tod durch's blut'ge Feld,
Da lag im Staub manch stolzer Held! –

Jetzt, Krieger Oestreichs, jetzt heran,
Zeigt was das Heer des Kaisers kann,
Zeigt, wie es Schanzen nimmt im Sturm,
Trotz Bastion, trotz Waffenthurm!

Und ob er hinter Mauern steckt,
Ob Graben und Verhau ihn deckt,
Am Ort, wo Eure Fahnen stehn,
Soll jede Spur vom Feind verwehn!

Und durch das weite Blutgefild
Stürmt jetzt die Schlacht, und gräßlich wild
Ringt Heer mit Heer im Kampfe heiß
Um ungewissen Siegespreis.

Doch ruhig lenkt Radetzky's Blick
Des Kampfs unsicheres Geschick,
Und wo die Wage unstät schwankt,
Fliegt Heß[24] herbei und hält was wankt;

Und mißt und steuert der Gefahr,
Und macht des Feldherrn Willen klar;
Und Schönhals[25] Auge überwacht
Mit ihm den wirren Knäul der Schlacht!

Gegen *drei* Sardenbatterien
Stellt Swirtnik[26] unsrer *eine* hin,
Und sich dazu; dann drei zu drei
Stehn die Geschütz' – Er gilt für zwei! –

[24] Feldmarschall-Lieutenant Ritter von Heß, Chef des Generalstabes.
[25] Feldmarschall-Lieutenant Baron Schönhals, Generaladjutant.
[26] Chef der Artillerie in Italien.

Und wie der Tag zu Ende neigt,
Der Donner der Kanonen schweigt,
Stehn alle Höhen schon bekränzt,
Von Oestreichs Waffen überglänzt.

Doch eine grause Todesnacht
Folgt der fast schon erkämpften Schlacht,
Und übermächtige Gewalt
Gebietet hier den Siegern Halt! –

Es ist der Feind noch eins so stark,
In seinem Arm auch Kraft und Mark;
Ein Sardenheer ist's, Schelmvolk nicht
Der welschen Städte, das hier ficht.

Somma-Campagna sollte schaun
Noch vieler Tapfern Todesgraun;
Noch hören mancher Mutter Sohn
Ausröcheln seinen letzten Ton.

Neu krönt die Berg' ein ganzes Heer;
Ein Sechstheil ist es, und nicht mehr,
Das gegensteht, nicht weicht, nicht wankt,
Wie eng es auch der Feind umrankt![27]

Nur eine Vorhut klimmt empor,
So scheint's, den dichten Massen vor –
Doch niemand folgt, sie steht allein –
Die Trommeln wirbeln fern zum Schein!

Doch kühn auf blut'ger Todesbahn
Rückt näher stets das Häuflein an;
die Garden aber faßt ein Graun,
Den *einen* Aufschlag nur zu schaun!

---

[27] 18,000 Piemontesen gegen 3,000 Oestreicher des Regiments Emil von Hessen
unter dem tapferen General Simbschen und dem Oberst Sunstenau.

»Täuscht uns der dichte Pulverdampf?
Sind's Geister, die hier stehn im Kampf,
Die wieder nahn, die Wangen roth,
Wenn sie erschlagen auch und todt?«

»Wer ist der Führer? dreimal gut
Traf ihn die Kugel schon, sein Blut
Entfloß im Strom den Wunden breit,
Und immer steht er vorn im Streit?«

»Ha, jetzt! jetzt traf die Brust das Blei –
Arm, Hand, die Brust, Blutstrahlen drei!
Umsonst daß noch sein Degen winkt –
Bleich wird sein Antlitz – seht, er sinkt!« – –

Ja, eine Eiche brach im Wald,
Ein Held der Zukunft, den gar bald
Der Ruhm genannt hätt' durch die Welt –
Hier ward ihm früh sein Ziel gestellt!

Doch schmucklos soll zum Orkus hin
Der tapfere Sunstenau nicht ziehn!
Den höchsten Preis, den Oestreich hegt,
Hat es auf seinen Sarg gelegt! –[28]

Das kleine Häuflein aber sich ficht
Und weicht dem mächt'gen Heere nicht,
Bis aus der Ferne ihm heran
Endlich die späten Helfer nahn! – –[29]

»Doch hier noch nicht, bei Volta liegt
Des Tags Entscheid! Wohlan, dort siegt!«
Und neu beginnt das Morden jetzt,
Und neue Loose sind gesetzt! –

---

[28] Das Maria-Theresienkreuz

[29] Haynau schickte sie auf seine eigene Verantwortung aus Verona, als er von
dort mit Ferngläsern den Gang der Schlacht beobachte!

Und wär' der Tag noch eins so heiß,
Oestreichs Geschichte stehn zum Preis,
Ob es mit seinen Tapfern fällt,
Ob's fort noch durch Aeonen hält.

Noch aber kam die Stunde nicht,
Wo sein uraltes Scepter bricht;
Noch steht sein Heer, ein heil'ger Rest.
»Hoch Oestreich, hoch!« noch stehst du fest!

2. Volta

»Wer ist's, der dort auf den Hügeln steht.
Dort oben am Bergesrand,
Am rechten Flügel bei Volta, seht,
Wo eben »Franz Karl«[30] noch stand?
Dort drüben, trügt mich nicht der Sinn,
Dort drüben stehn blaue Schaaren.
Wo sind die tapfern Weißen hin,
Die erst noch oben waren?
Was ist mit ihnen denn geschehn?
Sie sind erschlagen, sind todt;
Sonst würden sie ohne Wanken stehn
Und kämpfen, vom Blute roth!

Adjutant, jagt schnell durch's Leichenfeld,
Durch den Kugelregen dicht,
Und seht ob d'Aspre, der tapfere Held,
Ob Wimpfen[31] noch lebt und ficht;
Und die Ihr findet, die nehmet mit,
Und die Ihr treffet am Ort,
Die Truppen, und führt sie im Sturmesschritt,
Und jagt mir die Sarden fort!
Beim lebendigen Gott, es stehet die Schlacht
Auf der Spitze, ein einziges Haar,

---

[30] Ungarisches Infanterie-Regiment Nr. 51
[31] Graf Wimpfen, Divisions-Commandant

Und die Wage schnellt, und die welsche Macht
Siegt über den Doppelaar!«

Der Marschall spricht es, von dannen fliegt
Der Bote; bald trifft er die Schaar,
Wie sie todt und matt am Boden liegt,
Die eben noch siegreich war!
Von der Sonne glühendem Pfeil gesengt,
Erschöpfet vom blutigen Kampf,
Vom Durste die trockene Kehle geengt
Und dem qualmenden Pulverdampf!
Dort auf dem Boden, mit Leichen bedeckt,
Dort liegt sie verschmachtet schier;
Er sieht sie bleich auf den Grund gestreckt
Voll Mitleid der Officier.

»Ich seh' es, Ihr Tapfern, Ihr könnt nicht mehr,
Ich sag' es dem Marschall an;
Ich bringe wohl andere Truppen her –
Doch die Noth wächst furchtbar heran!
Und ein Augenblick noch, und verloren ist
Mit dem Siege die Ehre zugleich;
Auf den Schanzen zu Volta, zu dieser Frist,
Schwebt des Kaisers Kron' und sein Reich.«
Da erhebt sich ein Krieger vom Boden und spricht:
»Wir brauchen, wenn's so ist, der Ruhe nicht.
Wir lassen den Marschall grüßen schön,
Wir werden stürmen und nehmen die Höhn!«

Und immer schauet gen Volta hin
Der Marschall: »Was ist geschehn?
Die Blauen eilig von dannen ziehn
Und oben die Weißen stehn!«

3. Goito.

Der Tag ist unser – auf, die grünen Zeichen!
Auf, daß die Feinde sie mit Ingrimm sehen,

Von Meer zu Meer, so weit die Augen reichen,
Laßt Eure Fahnen stolz und freudig wehen.

Sie sind in Blut gedrängt bis an die Spitzen,
Im Blut der Feinde, die Euch feig verrathen,
Die Ihr zerschmettert habt mit Euren Blitzen,
Ihr schnödes Wort bestraft durch Eure Thaten.

Die hundert Schanzen, die das Land durchschnitten,
Die Besten mit den hundert Batterien,
Sie sind erstürmt, erstiegen, sind erstritten,
Und die drin prahlten, wußten nur zu fliehen! –

Dieß Volk, das mit dem Kainsmal an der Stirne
Die Zeit durchschritten, das uns Schmach geboten,
Fühlt Euer Schwert nun tief in seinem Hirne;
Die nicht entlaufen, liegen bei den Todten. –

Hin stoben sie zerstreut nach allen Seiten!
Umsonst, daß Sarden zu Italiens Wehre
Noch kurzen Kampf nach Kriegerweise streiten,
Um rein zu waschen *ihres* Landes Ehre.

Auch sie sind heim geflohn in wilder Eile,
Und selbst die Zwingburg, die sie aufgemauert,
Goito hat kaum eine kurze Weile
Der Stürmer kühnen Anlauf ausgedauert.

Karl Albert hat an dieser Lieblingsstelle
Noch jüngst von großen Siegen uns gedichtet;
Nun flattert Oestreichs Banner von der Schwelle
Und zeugt: der König habe falsch berichtet!

So von des Mincio's Strand zur Kathedrale
Von Mailand fliehn erschreckt die Feindesschaaren,
Doch bald an ihrem marmornen Portale
Soll Oestreichs Grenadiere man gewahren!

Ihr kommt, umglänzet von des Ruhms Geschmeide,
Ihr kommt, umgürtet mit dem Schwert des Sieges,
Ihr kommt, geschmückt mit Eurem blut'gen Kleide,
Ihr tragt den Ehrenschild gerechten Krieges.

»Custozza« schriebt Ihr mit Gigantenlettern,
Ein »*Mene Tekel*« an Italiens Wände;
Sie sahn den Namen blitzen in den Wettern,
Sie sahen ihn im Licht der Feuerbrände!

Sie werden diesen Namen nicht vergessen.
»Weh' dem, der rühret an die Eisenkrone!«
Sie bleibt dem echten Herrn, die sie vermessen
Dem Condottiere ausgesetzt zum Lohne!

Festabend.

Wie es braust und durch die Lüfte gellt,
Sturmgleich laut und immer lauter schwellt,
Und die grauen Wälle wieder tönen
Und die Zinnen wackeln, die sie krönen,
Als sey heut der letzte Tag der Welt!

Und der Lärm aus tausend Kehlen schallt,
Von der Etsch zu Sanct Corona's Wald,
Daß, als sollten sie wie Holz zersplittern,
Rings die alten Marmorhäuser zittern
Von des Taumels wachsender Gewalt.

Und was welsch ist in Verona, bebt,
Nicht nur das Geschlecht, das heute lebt,
Des Gran Cane modernde Gebeine
Schauern unter ihrem Leichensteine,
Den der Tod Jahrhunderte umwebt.

Doch ist's nicht ein grauser Tag der Schlacht,
Nicht ein Fest, dem Würger Mars gebracht;
Diese Töne haben nichts von Grimme:
Nur die Lust gemeinsam hebt die Stimme
Und durchwogt die freudetrunkne Nacht!

Fahnen mit des Sieges jungem Grün
Wehen stolz, und stolze Herzen glühn,
Die im Sturm vom hohen Himmelsbogen
Hätten selbst der Ehre Stern gezogen,
Um auf Oestreichs Banner fort zu blühn!

Brüder sind es, die *ein* Sinn erregt,
Brüder sind es, die *ein* Herz bewegt;
Fragen nicht, wo ihre Wiegen stehen,
Wo die Ströme ihrer Heimath gehen,
Eine Mutter hat sie groß gehegt!

Ja, sie feiern heut' ein Freudenmahl
Und die Becher kreisen ohne Zahl;
In der Seinen Mitt', ein weißer Zecher,
Sitzt der greise Marschall mit dem Becher,
Ihm im Auge glänzt ein Freudenstrahl!

Und als nun der Abend niedersinkt,
Und der Held zuletzt zum Abschied trinkt,
Tragen ihn, den lorbeermüden Sieger,
Auf den Schultern jauchzend seine Krieger,
Wie er sträubend auch zur Abwehr winkt!

Und der Jubel weitauf wie das Meer
Braust in freien vollen Wogen her;
»Heil Radetzky, Oestreichs bestem Sohne,
Der den Schild hält über Habsburgs Krone,
Und das Schwert führt siegreich, ihr zur Wehr!«

Als der Zug die theure Bürde jetzt
An des Hauses Pforten niedersetzt,
Dauert lange fort noch froh Behagen,
Ob die Trommeln auch zur Rast geschlagen,
Und die Sterne niedergehn zuletzt!«

»Nach dem Alter sey der Jugend Ehr'!
Auf – ruft Einer – wer im Kreis umher
Ist der Beste? Wen der Kameraden
Wollen wir jetzt auf die Schultern laden,
Welcher ist der tapferste im Heer?« –

Eine Stimm' im ganzen lauten Chor,
Tönt es »Pirquet« – »Schneider!« rings empor;
Hundert Hände ziehn die Ruhmsgenossen,
Die ein edles Schamroth überflossen,
Aus der jungen Männer Schwarm hervor!

Wahrlich Tapfre hatten sie erkürt,
Denen wohl des Heeres Preis gebührt,
Diese Wahl wird keine Stimme rügen;

Und sie müssen heitrem Zwang sich fügen,
Der sie heim jetzt im Triumphe führt.

Das ist Oestreichs Heeres-Brüderschaft,
Das ist seiner Krieger Stolz und Kraft,
Daß der Neid noch keine Brust verdorben;
Daß, was Einen zieret, All' erworben,
Denn *ein* Geist ist's, der in Allen schafft!

Todesmorgen.

Vom Montebaldo wallt der Pulverdampf
Schwarz gen Corona's Felsenspitzen,
Und um Spiazzi blitzen wild im Kampf
Des Feindes donnernde Haubitzen.

Rechts, wo von steilen Höhen eingezwängt,
Die Etsch hinrauscht im tiefen Thale,
Auch hier ziehn Männer her, zum Sturm gedrängt
Den engen Weg von Incanale.

Wie nun die Reihen ohne Aufenthalt
Sich muthig Berg um Berg erstritten,
Und in der Ferne dumpf der Lärm verhallt,
Je weiter siegreich sie geschritten,

Wehn weiche Hörnerklänge sanft herab
Die still gewordnen Höhn und ziehen
Wie traute Liebesstimmen um ein Grab!
Wem gelten diese Trauermelodieen?

Dort an Napoleons verfallnem Mal,
Dort liegt ein junger Held im Sterben,
Dem einst sein tapfrer Vater anbefahl,
Um Ruhm nur oder Tod zu werben.

Und eben zieht sein liebster Freund den Weg
Und sieht das schöne Antlitz hier erbleichen,
Und beugt sich nieder auf den blut'gen Steg
Und möcht' ihm noch die Hand zum Abschied reichen!

Der blickt noch einmal auf, lächelt und sieht
Von seines Freundes Hand sein Haupt gehalten,
Schlägt drauf ein Kreuz – und seine Seele flieht,
Indeß noch fort die Trauerklänge hallten.

Pirquet, leb' wohl! – Blast Schlachtenmelodien,
Ihr Hörner! Hört sein Geist sie schallen.
Wird durch die Luft zum Sturm er vor euch ziehn,
Der Erste von den Tapfern allen![32]

Und bald auf andern Fluren gab ein Zug
Dem kühnen Schneider das Geleite,
Den nicht des Feindes Kugel niederschlug,
Der er so oft getrotzt im Streite.

Ihn traf der Tod nicht, als im raschen Schritt
Er auffuhr seine donnernden Kanonen
Und Ort um Ort in schnellem Sturm erstritt,
Trotz zwanzig Sardenbataillonen!

Er fiel dem tückischen Geschick zum Raub,
Als er zur Lust geübt die Reiterkunde;
Es trat sein eignes Roß ihn in den Staub![33]
Das Heer vernahm's und weinte bei der Kunde! –

Der Todesmorgen folgt der Festnacht bald,
Die jüngst gejubelt in Verona's Gassen.
Tobt erst der Sturm im jungen Lorbeerwald,
Will er die schönsten Stämme fassen! –

---

[32] Pirquet starb in der That, während die Hörner seiner Jäger sanfte Weisen spielten, in den Armen seines besten Freundes bei Rivoli am 22. Juli 1848.
[33] Schneider stürzte auf der Reitschule mit seinem Pferde und wurde todt aufgehoben.

Die Wiener Freiwilligen.

»Die Wiener Gesellen will ich sehn,
Die lustigen, die flinken,
Die in die Schlacht so wacker gehn,
Im Kugelregen singend stehn
Wie muntre Finken.«

Der Marschall kam, da fand der Held,
Wie eben erst vom Schneider
Mit schönen Mänteln schmuck im Feld
Die Wiener Burschen aufgestellt.
Woher die Kleider?

Es grüßten jubelnd ihre Reihn
Den heißgeliebten Alten.
Der Marschall frug: »Was soll das seyn?
Die Czakos kenn' ich noch allein,
Nicht die Gestalten.«

Da trugen sie dem Marschall vor,
Wie's war mit der Bescherung,
Und wie die Garderob' im Corps,
Sparsam und schlecht bestellt zuvor,
Bedurft' Vermehrung.

»Die Citadini zogen her,
Gekleidet wie zum Tanze;
Uns hielt nicht Naht und Faden mehr,
Und Staub und Regen hat uns sehr
Getrübt am Glanze.«

»Wir griffen an, es kracht der Stutz:
Da liefen flugs die Bangen
Und warfen weg Gewehr und Putz;
Die Mäntel sind zur Flucht nichts nutz,
Man bleibt dran hangen.«

»Und weil wir All' in Lumpen schier,
Und der Feldmarschall heute
Parade hält, so tauschten wir
Zu Ehren ihm die Kleider hier,
Und wurden Leute.« –

Der Marschall lächelt: »Wiener Blut,
Ihr seyd vom *alten* Kerne,
Von Herz und Seele brav und gut,
Geht's gut, geht's schlecht, stets froh der Muth,
So mag ich's gerne.«

»Oft sah ich, wie Ihr selbst in Noth,
Doch ohne viel zu fragen,
Gefangnen mitgetheilt das Brod,
Und manchen Feind, verletzt zum Tod,
Der Schlacht enttragen,«

»Und waren Eure Mäntel schlecht,
Und nahmt Ihr jenen Gecken,
Die sich mit Euch des Kampfs erfrecht,
Die ihren, und sie sind Euch recht,
So bleibt drin stecken.«

An die treu gebliebenen italienischen Regimenter.

Es hat ein Sturm die Welt durchsaust
Und Reich' und Völker mitgerissen.
Und Ehr' und Pflicht, Treu' und Gewissen
Entwurzelt, wo er hingebraust.

Was heilig war zu allen Zeiten,
Ein Schimpf ward's in der Schurken Mund;
Für Freiheit prahlten sie zu streiten,
Doch gab sich nur die Frechheit kund.

Sie kündeten Gesetzen, Rechten,
Der Krone den Gehorsam auf,
Und ließen maulgeübten Knechten
Zu jeder Willkür freien Lauf.

Sie haben frech die Gottesfahnen
Vorangetragen dem Verrath,
Den Meucheldolch der welschen Ahnen
Geschwungen zu verruchter That.

Sie prahlten mächtig vor der Welt,
Als sie mit schlauer Arglist Netzen
Den Löwen jüngst im Schlaf umstellt
Und fremde Hunde auf ihn hetzen.

Doch als er im ergrimmten Zorn,
Die Mähne schüttelnd, sich erhob,
Da sah man, wie durch Stock und Dorn
Der Muth Italiens zerstob.

Es wollte nicht nach Lorbeern werben
Der Longobarden Heldenblut,
Und für ihr eignes Werk zu sterben,
Gebrach den Feiglingen der Muth.

Nicht Mann dem Mann in's Angesicht,
Hielten sie Stand, die tapfern Recken,
Sie fochten, wie der Meuchler ficht,
Nur aus gesicherten Verstecken.

Sie riefen laut in alle Winde
Nach Franken, Briten, Schweizern aus,
Ob sich ein Heer zu Gaste finde,
Um auszufechten ihren Strauß.

Und als es kam vom Nachbarlande
Und nicht unwürd'ge Kämpfe stritt,
Geleiteten sie's heim mit Schande,
Weil es des Kriegs Geschick erlitt.

Ihr einzig habt Italiens Ehre
Vor ew'ger Weltschmach rein bewahrt,
Die bei dem brüderlichen Heere,
Dem ihr verbunden, bliebt geschaart.

Die Ihr der Treue Schwur gehalten
Und standet, wo die Tapfern stehn,
Wo Oestreichs Adler sich entfalten
Und ihre Siegesbahnen gehn.

Ihr habt die Schmach mit Ruhm bedecket,
Die Schurken Eurem Land gethan,
Den welschen Namen unbeflecket
Trugt Ihr in Sieg und Tod voran.

Die Ehr' und Treue, die verschwunden,
Seit Tasso's Paladine todt,
Habt Ihr mit Lorbeern frisch umwunden,
Ihr zogt sie glorreich aus dem Koth.

Drum wenn wir Kriegertugend krönen
Aus Oestreichs ganzem stolzen Heer:
Sey Euch der Preis, Italiens Söhnen,
Euch Felsen im empörten Meer.

Welden.

Denkt Ihr an Oestreichs Helden,
Vergeßt den Einen nicht,
Vergeßt mir nicht den Welden
Den Mann, der Eisen bricht.

Er ist an allen Orten
Rastlos wie Wirbelwind,
Er pocht an alle Pforten,
Ob sie verriegelt sind.

Und läßt den Welschen melden
Durch der Kanonen Rohr,
Es stehe draußen Welden –
Und offen ist das Thor.

Er schlug mit ehrnem Hammer
Schon an Bologna's Dom,
Da kriegte Katzenjammer
Volk und Senat in Rom.

Vor Mailand.

Mit dem Degen in den Rippen von Verona's festen Tho-
ren,
Die zu nehmen Karl Alberto den Lombarden zuge-
schworen,
Jagten unsre Heldenschaaren die vermeßnen Feindes-
haufen,
Die vor Oestreichs Bajonetten bald in wilder Flucht ent-
laufen;
Fliehen über Berg' und Ströme, durch bethürmter Städ-
te Gassen,
Bis sie in beschwingter Eile – ihnen ward nicht Ruh' ge-
lassen –
Endlich an die Mauern Mailands fest mit Stirn' und Na-
se rannten
Und der Siegeshoffnung Ende in Verzweiflung hier er-
kannten.
Ihre Feuerschlünde stellten sie noch auf in langen Rei-
hen,
Die gewalt'gen Sechzehnpfünder rothe Aetnaflammen
speien.
Aus der Ferne siegessicher blickt Radetzky nach dem
Kampfe,
Doch der Freund' und Feinde Loose sind verhüllt vom
Pulverdampfe.
Plötzlich stürzt, sie scheint zu fliehen, aus der Schlacht
in vollem Jagen
Eine Batterie. »Was ist das? Ist des Kaisers Heer ge-
schlagen?
Sind das meine Artill'risten? Sie, die Tapfern ohne Glei-
chen,
Sollten weggescheucht wie Hasen hier auf offnem Fel-
de weichen?
Nein unmöglich!« Als sie nahen, sieht der Feldherr mit
Erstaunen
Hergeführt als Siegstrophäen acht sardinische Kartau-
nen!

Jubelnd bringen sie die Jäger, die vom Feinde sie erstritten,[34]
Hängen sich an die Laffetten, kommen stolz zu Roß geritten.
»Hoch soll unser Marschall leben, hoch der Kaiser auf dem Throne!
Dieß Geschütz ward heut erobert von dem zehnten Bataillone.«

---

[34] Unter den Hauptleuten Becky, Jablonsky, Brand und Brandenstein.

Die Meldung

Vor Mailands Mauern fochten im Verzweiflungskampf
Die letzten Reste jenes kriegerischen Heers,
Das von Savoyens Hochgebirgen niederstieg,
Und von dem ölumtränkten Golf von Genua
Herbeikam, auf des Sardenkönigs Kriegsgebot.

Als Oestreichs Führer sich getheilt den Raum der
Schlacht,
Beruft der besten Einer, Schwarzenberg, zum Sturm
Auf Vigentino was zunächst an Fußvolk stand;
Der Hauptmann Vogel schreitet raschen Tritts voran
Und führt die Seinen durch den Todeshagel hin,
Als sprüht' ein Maienregen mild auf ihn herab;
Die Schaar geht unerschrocken ihren Siegesweg,
Und schnell erobert ist der Ort, der Feind verjagt!
Da kehrt der Hauptmann blutend über's Feld zurück,
Von einer Sardenkugel seine Brust durchbohrt,
Und vor den Fürsten tretend spricht er grüßend so:
»Durchlaucht, ich melde, daß ich den Befehl vollzog –
Und jetzt zurück geh' um zu sterben!« – – –

Magnet und Eisen.

Nennt Ihr Euren Marschall eisern,[35] stolze Briten, sollt
Ihr wissen,
Daß der Unsre ein Magnetstein, dem das Eisen dienst-
beflissen;
Denn er hat ein Heer von Stahle festgebannt in solcher
Weise,
Daß es blind folgt seinem Zuge, und nie weicht aus sei-
nem Gleise.
Auch Italiens Eisenkrone, die Karl Albert fortgetragen,
Mußte solcher Kraft sich fügen, liegt auf seinem Sie-
geswagen.

---

[35] The iron Duke of Wellington

Die Soldaten der Freiheit

Wie muß dich der, o hehre Freiheit, lieben,
Dem noch dein Name nicht verhaßt geworden,
Sieht er umgeben dich von wilden Horden,
Von blut'gen Mördern und von frechen Dieben!

Wir haben erst den eklen Troß vertrieben,
Wir Priester von der Ehre heil'gem Orden,
Und abgewaschen von den Meuchelmorden
Das Götterbild, bis klar das Gold geblieben.

Und als wir nun vollendet es zu reinen,
Erbauten wir der Göttin einen Tempel
Von unsrer Leiber edlen Mauersteinen,

Und auf die Pforten drückten wir den Stempel
Des ew'gen Rechts, des allgemeinen Einen! –
So geben wir ein strahlendes Exempel.

Dem österreichischen Heere in Ungarn gewidmet.

1849

Denksteine für Lebende und Todte

Namenlose Vaterlandes-Mitbefreier!
Da ihr nicht mit könnt gehn im Zug der Feier,
O seyd gebeten – schwebet oben über.
Rückert

Soldatenhymne.

Oestreich! in Freud und Leid
Trag ich dein Ehrenkleid,
Schneeweiß und schwanenrein,
Leid' keine Flecken drein;
Hoch Oestreich, hoch!

Es hat, wer dir vertraut,
Noch nie auf Sand gebaut:
Offen und treu und wahr,
Und jedes Falsches baar –
Hoch Oestreich, hoch!

Oestreich! du edles Haus,
Steck' deine Fahnen aus;
Laß sie im Sturme sehn,
Laß durch die Welt sie wehn,
Hoch Oestreich, hoch!

Gibt es wohl edlere Zier
Als dein hochflatternd Panier,
Schwarzgelb, und drinn der Aar?

Schwarzgelb für immerdar!
Hoch Oestreich, hoch!

Dir nur und immer dir
Leben und sterben wir:
Heut froh und jugendroth,
Morgen im Schlachtfeld todt;
Hoch Oestreich, hoch!

Dein ist mein bestes Gut,
Dein meines Herzens Blut,
Sein letzter Schlag sey dein;
Mein bleibt die Ehr' allein!
Hoch Oestreich, hoch!

Fall' ich für's Vaterland,
Ruh' ich in Gottes Hand,
Zieh' mit den Wunden mein
Stolz in den Himmel ein!
Hoch Oestreich, hoch!

Die Weihe.

(Olmütz am 2. December 1848.)

Du einsame Kapelle,
Der frommen Andacht Zelle,
Thu auf den heil'gen Schrein;
Laß, die die Erde drücket,
Hier, ihrer Sorg' entrücket,
Dem Himmel näher seyn!

Sieh Herr! an dieser Stelle,
An dieses Altars Schwelle
Die Mutter und den Sohn,
Die ihre Angst dir klagen,
Und ihre Bitten tragen
Vor deinen höhern Thron!

Sie wollen ihre Herzen,
Ihr Hoffen, ihre Schmerzen
Hier ihrem Gott vertraun;
In warmen Thränenfluten,
In heißer Andacht Gluten
Zu ihrem Vater schaun.

»Zeig' mir den Weg der Gnade,
O send' auf meine Pfade
Den Engel mir voraus;
Daß er mich führ' und leite,
Und seine Flügel spreite
Um mich im Sturmgebraus!«

»Du sprachst zu meinem Stamme:
Den Löwen aus dem Lamme
Schaff' ich, so mir's gefällt;
Ihn soll mein Salböl netzen,
Ihn will zum Haupt ich setzen,
Mein Arm ist's, der ihn hält!«

»David war unverloren,
Als du ihn auserkoren
Dem Goliath zu stehn;
Drum will auch ich nicht zagen
Für dich das Schwert zu tragen,
Und deine Wege gehn!«

»Du hast die Last gewogen,
Du gabst den starken Bogen
In meine schwache Hand:
Du wirst auch Kraft mir geben,
Daß ich ihn möge heben,
Und daß mein Arm ihn spannt!«

»Erleuchte meine Blicke
Und laß die Weltgeschicke
Klar meinem Auge seyn;
Daß ich die Herden weide,
Ein Hirt zu deiner Freude
Sie tränke mit Gedeihn!« –

Und mit dem theuren Beter
Stieg in des Himmels Aether
Der Mutter Flehn zugleich:
»»Herr, ich hab' ihn geboren,
Du hast ihn dir erkoren,
Mach' ihn an Tugend reich!««

Da kam ein Strahl gezogen
Des Frühroths durch den Bogen,
Der auf den Betstuhl schien,
Daß an des Strahles Helle
Ihr Herz in Hoffnung schwelle,
Und ihre Zweifel fliehn!

Soldat und Wanderer

Wanderer.

Was thust du hier?

Soldat.

Ich thürm' aus rauhen Steinen
Ein Trauermal den modernden Gebeinen
Gefallner Krieger, pflanze Trauerweiden
Auf diese kahlen blutgedüngten Haiden.

Wanderer.

Was thürmst du Trauer- und nicht Siegeszeichen?
Tritt nicht dein Fuß hier wilder Feinde Leichen,
Und wallt nicht Oestreichs Banner neu in Mitten
Des Landes, das sein Arm zweimal erstritten?
Für dieses Volk, deß Trotz ihr jetzt bezwungen,
Ward's einst dem Türkensäbel abgezwungen
Durch euern Arm. Heut sind's dieselben Streiter –
Das grade Schwert, die alten Eisenreiter!

Soldat.

An Siegen reich, an alt' und neuer Ehre,
Grämt mich's, daß solch ein Kampf den Ruhm uns
mehre!
Was mußten unsre Klingen Todeswunden
In Herzen schlagen, die uns stammverbunden?

Wanderer.

Verrätherherzen, mögen sie verbluten!
Anfachten sie doch selbst der Rache Gluten,
Die sie verzehrt! Drum laßt Trompeten schallen,
Den Siegesjubel durch die Lüfte wallen.

Soldat.

Nicht also! Zieh mit Gott auf deinen Wegen,
Mich laß für meine Todten Steine legen!
Ich juble nicht! – Ich liebe diese Schaaren.
Ich theilt' einst Ruhm mit ihnen und Gefahren:
Ich sah sie treu und tapfer siegen, sterben,
Jetzt seh' ich wie sie ehrenbaar verderben;
Sonst standen sie den Besten stolz zur Seite,
Wo stehn sie jetzt? – die Schand' ist ihr Geleite;
Das ist ihr Platz nicht! Wie sie auch geirret,
Ein Fluch des Abgrunds ihren Sinn verwirret,
Bald werden sie dem Bund der Schmach entweichen,
Und ihren bessern Vätern wieder gleichen! –
Sahst du noch niemals wilde Pferde rasen,
Von Hornissen gepeitscht, in Ohr und Nasen
Den gift'gen Stachel; – nie den Stier im Zorne
Den Grund aufwühlen mit gewalt'gem Horne?
Verjagt die Bremsen, die sie wundgestochen,
Bald ist der Thiere wilde Wuth gebrochen! –
Dieß Volk ist gut – doch Fluch treff' und Verderben
Die's toll gehetzt, und flohn als es im Sterben!
O, eine Säule richtet auf der Schande,
Die hoch von der Karpathen Wolkenrande
Hinab schaut in die ausgebrannten Flächen,
Durch die das Blut noch rauscht in breiten Bächen!
Stellt eine Tafel aus, die trotzt den Wettern,
Grabt ein die Namen mit Gigantenlettern
Der bleichen Schurken, die das Volk betrogen,
In's Elend jagten und von dannen zogen;
Der Städteplündrer Namen, der Hyänen,
Die gierig zapften Blut und heiße Thränen
Wehrloser Noth, wie Wein aus voller Tonne,
Als wär's das Gold, gereift an Tokays Sonne!
Sie, die dem Schwert nicht stehend, dem Geschoße,
Vom Schlachtfeld rasch enttrug der Flug der Rosse,
Indeß in Reihen fielen, rothbethauet,
Die ihren falschen Lockungen vertrauet!
O nennt sie Alle! – Wie der Großthat Kunde

Hin durch Geschlechter zieht von Mund zu Munde,
So unvergessen soll durch alle Zeiten
Der Enkel Fluch *die* Namen noch begleiten.
So oft der Sturm erbraust vom Kulm der Berge,
Schrei er sie wach, aufschüttelnd ihre Särge,
Daß ihr Gebein erstehe zum Gerichte,
Das mit der Wahrheit Mund hält die Geschichte! – –

Doch sie, die nicht von jenem Gifte trunken,
Die einem Wahne gläubig hingesunken,
Bestatt' ein Grab mit uns! – und die noch leben –
Wohlan, hier unsre Hand, laßt uns vergeben!
Gedenket nicht, wenn sie uns wiederkehren,
Der kurzen Schmach, nein, ihrer langen Ehren! –

Ottingers Kürassiere

Die Kürassier-Regimenter Graf Wallmoden und Graf
Heinrich Hardegg standen unter diesem vortrefflichen
Reitergeneral. Später wurden diesem tapferen Führer
noch zwei ausgezeichnete Regimenter König von Sach-
sen-Kürassiere und Kaiser-Dragoner untergeordnet.

Es rasselt auf stummer Haide
Dumpf durch die finstre Nacht;
Noch ist im blut'gen Kleide
Der Tag nicht aufgewacht;
Es wallet im Morgengrauen
Hin über den weiten Plan,
Wie weiße Geister zu schauen,
In Nebel angethan.

Und Ottinger, der Held,
Und seine Eisenreiter
Stürmen zuerst in's Feld,
Der Sieg ist ihr Begleiter!

So sah man in alten Tagen
Die Pappenheimer zum Streit
In schwarzen Panzern jagen,
Und zucken die Schwerter breit.
Die Waffen klirren von ferne,
Der Tag beginnt den Lauf,
Es schwinden die bleichen Sterne,
Die Sonne zieht heraus:

Und Ottinger, der Held,
Und seine Eisenreiter
Stürmen zuerst in's Feld,
Und Sieg ist ihr Begleiter!

Hurrah, im Sonnenglanze,
In feuriger Tagespracht,

Trompeten ruft zum Tanze,
Zur freudig wilden Schlacht!
Von schnaubender Rosse Stampfen
Erzittert der Boden und bebt,
Die jagenden Gäule dampfen.
Hochflatternd das Fähnlein schwebt:

Und Ottinger, der Held,
Und seine Eisenreiter
Stürmen zuerst in's Feld,
Und Sieg ist ihr Begleiter!

Bald wird ihre Nähe sich künden,
Die goldnen Helme glühn –
Da kracht es aus flammenden Schlünden,
Die tödtenden Blitze sprühn;

Herspringen die Husaren
Wie wilder Bienen Schwarm,
Anrennend unsre Schaaren –
Ha, wie so kühn ihr Arm!

Doch Ottinger, der Held,
Und seine Eisenreiter
Stürmen zuerst in's Feld,
Und Sieg ist ihr Begleiter!

»Das sind die deutschen Fleischer!«
Rief jetzt der Feinde Schaar;
Sie wurden »die deutschen Fleischer«
Nie ohne Graun gewahr.
Die haben an zwanzig Tagen
Mit Schwertern scharf und blank
Viel tapfre Leiber erschlagen,
Und Fleisch gehackt zur Bank:

Doch Ottinger, der Held,
Und seine Eisenreiter

Stürmen zuerst in's Feld,
Und Sieg ist ihr Begleiter!

Sie haben an zwanzig Tagen
Geschlachtet, und scharlachroth
Die dunklen Aufschläg' und Kragen
Gefärbt mit Blut und Tod!
Wir wollen euch erküren,
Wir Krieger aus eigner Macht,
Ihr sollt den Reigen führen
Als Bannerträger der Schlacht:

Denn Ottinger, der Held,
Und seine Eisenreiter
Stürmen zuerst in's Feld,
Und Sieg ist ihr Begleiter!

Wallmoden und Hardegg für immer![36]
Ihr Schaaren, der Namen werth,
Ihr ließt sie strahlen in Schimmer,
Die Euch, und die Ihr geehrt.
Noch stehen sie, zwei Erzgestalten,
Die Greise im Heldenkreis,
Ihr schlangt um die Stirne der Alten
Frisch grünendes Ehrenreis:

Denn Ottinger, der Held,
Und seine Eisenreiter
Stürmten zuerst in's Feld,
Und Sieg war ihr Begleiter!

---

[36] Die Generale der Cavallerie, Graf Wallmoden und Graf Heinrich Hardegg,
sind in allen Heeren gekannte Namen.

Vor Raab

»O Raab, du vielverwegne Stadt,
Mit deinen weißen Thürmen,
Wie dich der Feind gewaffnet hat,
Wir wollen dich erstürmen!
Wir wollen von den Zinnen dein
Die Fahne Kossuths zerren,
Auf deinen Mauern weh' allein
Die Fahne unsers Herren!«

»»Ihr Kaiserlichen, laßt ab von Raab,
Es wird euch nicht gelingen;
Ihr findet offen euer Grab,
Wir werden euch bezwingen!
Drei Flüsse schlingen den Arm um sie,
Die müßt ihr erst durchschreiten,
Viel hohe Schanzen ragen hie;
Die müßt ihr erst erstreiten!««

»Wir haben ein kühnes Feldgeschrei,
Das heißt: der Kaiser lebe!
Der Treue Banner hoch und frei
In den blauen Lüften schwebe!
Wir fürchten Wasser und Feuer nicht,
Nicht Graben und nicht Schanzen,
Wir werden vor eurem Angesicht
Bald über die Brücke tanzen!«

»»Und wagt ihr euch und kommt, wohlan,
Hier stehn wir, euch zu grüßen,
Euch soll der Weg zu uns heran
Gar bald zum Tod verdrießen!
Wir spielen euch mit Karthaunen auf
Aus hundert Flammenrachen;
Ihr Honved, auf – Patron in Lauf,
Laßt die Musketen krachen!««

»Musketen her, Musketen hin,
Das ist des Krieges Sitte,
Das soll nicht schrecken unsern Sinn,
Nicht hemmen unsre Schritte;
Laßt fallen wer fällt, ihm ist wohl geschehn,
Er fällt für Oestreichs Ehre; –
Bajonett voran! wir wollen sehn,
Wer uns den Eingang wehre!«

In Raab

Stürmt, stürmt! die Fahnen wallen,
Die Trommeln wirbeln – herbei!
Stürmt, stürmt! die Hörner schallen,
Ihr Jäger, herbei, herbei!
Stürmt, stürmt, im Pulverdampfe
Wer winkt dort mit dem Hut?
Stürmt, stürmt! Es führt im Kampfe
Ein Held euch: *Wohlgemuth!*

Und über die brennende Brücke
Drängt vorwärts Schaar an Schaar.
Nicht achtend die feindlichen Stücke,
Der stürzenden Balken Gefahr.
Bald sind die Schanzen verlassen,
Schon kämpft man Haus um Haus,
Schon kracht's in der Vorstadt Straßen,
Aus allen Fenstern hinaus.

Durch die flammende Lohe jaget
Ein junger Krieger herbei
Auf schnaubendem Pferd, o saget
Wer wohl der Jüngling sey?
Er jagt, wo die Kugeln schlagen
Am dichtesten in die Reihn,
Er will im blutigen Wagen
Um Raab der Erste seyn?

Das ist der Kaiser, der muthig
Hier streitet um seinen Thron,
Aufhebt vom Boden, blutig,
Die ungarische Kron';
Es ist Franz Joseph, die Blume
Von Habsburg, die jung und zart
Zum ernsten Heldenthume
Gestählt und gehärtet ward.

Als ihn die Seinen schauen
Auf dem furchtbaren Todesfeld,
Wie er im Kugelgrauen
Rothwangigen Muthes hält:
Da mitten im Kampfe erschallte
Laut auf der Volksgesang,
»Den Kaiser Gott erhalte!«
Aus tausend Kehlen drang.

Seinen Namen auf der Zungen,
Manch Einer hier verschied,
Dem, eh' er's ausgesungen,
Verklungen Stimm' und Lied! –
So ist der Kaiser gezogen
In Raabs erstürmten Wall,
Unter des Hymnus Wogen,
Unter der Kugeln Schall! –

Treu und tapfer!

Montenuovo, Mentenuovo, hei wie keck, hei wie ver-
wegen,
Wie ein Cherub hoch zu Rosse, der aufschwingt den
Flammendegen!
Ja, er ist der Besten Einer, würdig seiner Kampfgenos-
sen,
Die so siegesstolz er führet, unbewegt von den Ge-
schossen! –
Welsche Reiter, kühn und feurig, sind's, die folgen sei-
nem Zeichen,
Die nicht eines Haares Breite je von Ehr' und Treue
weichen;
Die zu schwer kein Wagniß finden, jeder Großthat sich
erkühnen,
Und mit ihrem besten Blute den Verrath der Heimath
sühnen!
Längst gelöscht hat ihre Tugend jeden Makel, und im
Glänze
Stehn sie selbst unübertroffen da in Oestreichs Ehren-
kranze!

Jägerlied

Heidu, heidö, heidi,
Die Jäger, dort ziehen sie!
Ha, wie die Füchse schleichen,
Wie durch's Gebüsch sie streichen,
Heidö, heidö, heidö,
Sie ziehen nach jener Höh'!

Heidi, heidi, heidi,
Horcht auf, schon feuern sie!
Ha, wie die Hörner schallen,
Die scharfen Büchsen knallen,
Heidö, heidö, heidö,
Bald sind sie auf der Höh'!

Heidu, heidu, heidu,
Ihr Jäger, nur immer zu!
Ha, wie sie stürmen und rennen,
Ha, wie sie schießen und brennen,
Heidu, heidu, heidu,
Ihr Jäger, nur immer zu!

Heidu, heidö, heidi,
Dort oben, dort stehen sie!
Gar Mancher liegt zerschossen,
Sein Herzblut ist geflossen,
Heidi, heidu, heidö,
Doch sie sind auf der Höh'!

Zwei alte Adler

Es hielten auf zween Thürmen
Zwei alte Adler Wacht,
Ob schwarze Gewitter stürmen,
Ob golden die Sonne lacht,
In schlummerloser Acht
Saßen sie Tag und Nacht.

Sie konnten sich nicht mehr schwingen,
Doch nahte sich wer dem Ort,
Da sah man sie feurig springen,
Mit blut'gen Schnäbeln ringen,
Und mit den Griffen dringen,
Und treiben die Feinde fort.

»Wie heißt ihr starken Adler zwei?«
»»Ich hier in Arad heiße
Herr Berger von der Pleiße!
Wie immer kühn der Feind auch sey,
Kommt er mir nicht durch Hunger bei,
Sein Feuern ist mir einerlei!

Wohl kennen die Honved mein Geschlecht,
Ihre Vater führt' ich in's Gefecht;
Doch das sind der Väter Söhne nicht,
Der Väter, die ich preise;
Die starben in des Kaisers Pflicht,
Und in der Ehren Gleise!««

»Wie heißt da drüben der andre Aar?«
»»*Herr Ruckawina von Temeswar!*««[37]

---

[37] General Rukavina, fast 80 Jahre alt, starb unmittelbar nach dem Entsatze der Festung, in der er einen für alle Zelten denkwürdigen Widerstand geleistet hatte. Die Festung hatte in hundertsiebentägiger Belagerung über 16,000 Bomben und 25,000 Vollkugeln verschossen. Die Bewohner, sowie die aus 8500 Mann und 150 Offizieren bestehende Garnison hatten nur sehr spärlich Pferdefleisch zu aller Nahrung. Von der Garnison fielen bei 500 Mann von feindlichen Kugeln, über

»Gebt auf die Stadt noch heute,
Sie ist der Flammen Beute;
Die Krieger liegen auf der Bahr',
Die Pest frißt eure Leute!«

Und zu dem Feind im Graben tief
Ruckawina von der Mauer rief:
»»Numantia in alter Zeit
Hat sich freiwill'gem Tod geweiht;
Nicht Mindres soll in künft'gen Tagen
Von Temeswar die Nachwelt sagen.

Ihr Honved drüben, horchet auf!
Zwar kleiner stets wird das Geleit,
Stets enger Sarg an Sarg gereiht;
Doch liegen die Todten auch Hauf' an Hauf',
Und steigen die Flammen die Brustwehr auf,
Wie eng ihr immer sie berennt,
Nicht thu' ich euch die Festung auf,
Bis mir im Sack das Schnupftuch brennt!
Und träf' auch euer Blei mich Alten,
Nebst mir noch tapfre Helden walten!«« [38]

Und also kräftig wie er spricht,
Der alte General auch ficht!
Die Stadt macht Pest, Schwert, Hunger licht,
Doch sie ergibt dem Feind sich nicht;
Und als hundert und sieben Tag
Der Honveb vor den Mauern lag,
Da schien mit einemmal am Morgen
In seiner Haut er nicht geborgen,
Und nicht mehr dröhnte, wie er pflag,
Der Bomben und Karthaunen Schlag.

2000 waren am Typhus und an der Cholera gestorben und bei 3000 Mann und 60
Officiere fanden sich noch zur Zeit des Entsatzes in den Spitälern der Festung.
[38] Vor allen der General Graf Leiningen, die Seele der Vertheidiger; der im Laufe
der Belagerung von einer Bombenkugel getödtete Obristlieutenant Simonovics
vom Geniecorps; der Obrist Blomberg von Fürst Schwarzenberg-Uhlanen.

Und Reiter rasseln zum Thor hinan
Und pochen an die Festung an:
»Herr Ruckawina, frisch aufgethan!
Anreitet Held Haynau im Siegesreigen,
Der thut euch zu Ehren den Degen neigen!« –
Da starb vor Freude der alte Mann!

Die Brücke zu Pesth

Zu Pesth ist auf der Brücke
Ein Schandpfahl aufgestellt,
Wie auch das Volk dran rücke,
Ihn schaut die ganze Welt;
An seinem Fußgestelle
Ist rothes Blut zu sehn;
Umsonst wäscht es die Welle,
Nie wird der Fleck vergehn;
Und würden der Donau Wogen,
Die unter der Brücke fliehn,
Jahrhunderte über den Bogen
Im wirbelnden Strome ziehn,
Sie reißen in ihrem Jagen
Den Pfahl nicht weg vom Ort,
Sie waschen von seinem Schragen
Die blutigen Flecke nicht fort.

In Spanien, wo erschlagen
Ein Mensch ward von Mörderhand,
Da sieht ein Kreuz man ragen,
Ein Zeichen im ganzen Land!
Hier hat der Mord zertrümmert
Das edelste Menschenbild,
Und ruchlos unbekümmert
Den Henkerdurst gestillt:
So laßt ein Kreuz uns bauen
Auf diesem Golgatha,
Damit die Menschen es schauen,
Die Völker fern und nah!

Ein Bote kam der Güte,
Huld bracht' er und Verzeihn,
Der Eintracht frische Blüte
In's wüste Land hinein:
»O laßt die Waffen fallen,
O kehrt zu eurer Pflicht;

Friede sey mit uns Allen,
O nehmt ihn, zögert nicht!«

Und wie die Botschaft erklungen
Aus des edlen Boten Mund –
Da ward er schnell umrungen
Am Orte, wo er stund;
Ein Blutgeselle tauchte
Sein Schwert tief in sein Hirn,
Und trug es, wie's noch rauchte,
Umher mit frecher Stirn;
Und wie die Wölf' anspringen
Den edlen Hirsch in Wuth
Und heulend ihn umringen
Und lecken sein warmes Blut:
So leckten Menschenzungen
In kannibalischer Lust
Das Blut, das warm gesprungen
Aus seiner Heldenbrust.

O Lamberg, tapfrer Ritter,
Welch Loos war dir beschert!
Warst du den Kugelsplitter
In offner Schlacht nicht werth?
Du Krieger, dessen Jugend
So lorbeersprießend war,
Du Mann von jeder Tugend,
Du Spiegel, hell und klar;
Du Hermelin, deß Reine
Kein Staub schwärzt und verdirbt,
Das weiß im Schnee es scheine
Wie es gelebt auch stirbt! –

O laßt die Klagelaute!
Es hat in Gotteshand,
Ein Zeuge, dem er traute,
Erkürt und ausgesandt,
Wenn an der Wahrheit Strahle
Die Nachwelt Zweifel hegt,

Daß in die Wundenmale
Er ihre Hände legt! –
Von deinem Antlitz gleißen
Sah man das Himmelslicht,
Sie konnten dich zerreißen,
Doch dich entstellen nicht!
So bist du eingegangen
Verklärt zu lichten Höhn,
Dir standen die bleichen Wangen,
Die klaffenden Wunden schön! –[39]

---

[39] Wer immer den Feldmarschall-Lieutenant Grafen von Lamberg näher gekannt hat, wird mit uns unter den vielen trefflichen Eigenschaften, die ihn zierten, namentlich die große Milde seines Charakters hervorheben, die ihn mehr als jeden andern zu dieser Friedensmission befähigte. – Die Wildheit rebellischer Blutsäufer zu Pesth hat ihr so wenig Rechnung getragen, als die Mörder dem edlen Grafen Latour zu Wien.

An die russischen Kameraden

Es stand noch Oestreichs Heeresmacht
Zum Kampf im welschen Lande,
Da wurde plötzlich hell die Nacht
Von fernem Feuerbrande:
»Das ist die Heimath, die dort brennt,
Wir sind durch Berg und Meer getrennt,
Und können sie nicht löschen!«

Wir hören euer Kampfgeschrei
Zu uns herüber dringen;
Wie freudig würden wir herbei
Zu eurer Hülfe springen;
Doch bis wir steuern eurer Noth,
Liegt ihr im Feld erschlagen, todt,
Der Uebermacht erlegen!« –

»»Wohlan, wir stehn in Gottes Hand,
Und sollen wir verderben,
Laßt ruhmvoll uns fürs Vaterland
Und für *Franz Joseph* sterben!
Ihr Brüder fern, auf Wiedersehn,
Wo unsre Geister im Lager stehn,
Sollt ihr uns wiederfinden!«« –

So hielten sie an Hoffnung arm,
Doch ungebeugten Muthes;
Es rieselten vom Herzen warm
Viel Ströme edlen Blutes;
Und unerschreckt und unbesiegt,
Wie nah der Untergang auch liegt,
Stehn sie auf blut'gem Grunde!

Doch als die Nachbarn brennen sahn,
Da kamen sie in Eile,
Sie kamen in voller Macht heran,
Sie kamen ohne Weile;

Sie standen zu uns Seit' an Seit',
Und halfen tapfer uns im Streit,
Als wär's die eigne Sache.

Sie fochten wacker, Hand in Hand
Vereinigt, die Genossen,
Sie hat dasselbe Ehrenband
Zu einem Kranz geschlossen:
Heil deinen Manen, Skariatin,
Hoch Lüders, Haßfort, Paniutin –
Und eure Brüder alle!

Daß ihr der Schlachtenbrüderschaft,
Der alten, noch gedachtet,
Daß ihr nicht boshaft zugegafft,
Nicht in die Faust euch lachtet:
Nein, daß ihr mit uns Hand in Hand
Gestanden, eine ehrne Wand,
Das sey euch unvergessen!

Das hat sie, die sich stets bemüht,
Daß statt des Weizens Sprossen
Nur Unkraut aus der Saat entblüht,
Gewaltig zwar verdrossen:
Doch Freund' erkennt man in der Noth,
Und so ruft uns, wenn sie euch droht,
Wir wollen ehrlich zahlen! –

Zwischen Gräbern.

Wenn ihr jungen Kampfgesellen zieht durch Ungarns
Fruchtgefilde,
Und ihr seht auf öden Haiden nebelhafte Luftgebilde,
Wie sie an den Brunnen lehnen, an zerschossnen Mau-
erwänden,
Wie sie um die Kirchhofräume, um die Graben, Brü-
cken liegen,
Wie der Hand das Schwert entfallen, ihre Haar' im
Winde fliegen:
Geister sind es jener Krieger, die, gefällt von Todesblit-
zen,
Dort auf ihrer blut'gen Wahlstatt in den hellen Nächten
sitzen;
Die um volle Rebenhügel, oder in den Wiesenthalen
Einsam lagern, einsam wallen, in des Mondes bleichen
Strahlen.
Ach, es ist kein dürftig Fleckchen Grund in diesem wei-
ten Land,
Wo nicht Tapferkeit und Treue Ruhm im Heldentode
fand;
Wohin nicht mit Thränenströmen rothgeweinte Augen
blicken,
Wohin fernher arme Seelen nicht sehnsücht'ge Grüße
schicken!
Ja, der Tod hielt reichlich Ernte, wie er sie hierher ge-
bettet,
Die zwar dem Geschick erlegen, aber Oestreichs Schild
gerettet.
Ruft sie an, nennt sie beim Namen, daß sie im Vorüber-
gehen
Sich der Waffenbrüder freuen, ihren Fragen Rede ste-
hen! –

Von der Waag anmuth'gem Garten, längs der Wiesen,
Weizenauen,
Von der Leitha schilf'gem Rande bis wo, trotzig anzu-
schauen,

Gleich dem wilden Stier der Pußta, das gewaltige Komorn
Ueber beide Flussesarme weithin streckt sein Doppelhorn:
Seht ihr Grab an Grab geschüttet, und in jedem schläft ein Held,
Und ein ewiges Walhalla breitet sich dieß Todtenfeld.
An der Donau beiden Ufern, überall auf allen Wegen
Tritt bluttriefend uns des grausen Brudermordes Bild entgegen! – –
Kommt zur stutenreichen Ebne, zu Babolna's weiten Haiden,
Wo die hohen Brunnen ragen, wo die schlanken Rosse werden,
Wo die edlen Füllen grasen, jener Zucht, die einst im Lande
Jemen trank aus salz'gen Quellen im erglühten Wüstensande.
Fühlt ihr, wie der Boden wanket, wo Moors Thürme sich erheben,
Weithin alle Hügel zittern, und die staub'gen Felder beben?
Kennt ihr jene Reiterschaaren, die, mit Sternberg an der Spitze,
Sich auf die Kanonen stürzen, unbesorgt um ihre Blitze?
Ottingers gewalt'ge Recken sind es, die mit scharfen Klingen
Zu entfliehn aus schlanken Leibern der Magyaren Seelen zwingen.
Opfer sind sie deinen Manen, edler Todter, hier gefallen:
»Dieß für Lamberg!« also hört man's bei jedwedem Hiebe schallen!
Doch auch von den Rächern mancher sank dem Eisen, dem Geschoße,
Und mit blutgetränktem Sattel rannten hin die leeren Rosse.
Gleich hier ist der Ersten Einer in des Sieges Arm ge-

sunken,

Er, deß Blut die durst'ge Erbe hat wie Opferwein ge-
trunken,

Schafgotsch,[40] dessen Klinge, würdig seines Namens,
hier gewaltet,

Bis ihm der Rebellen Säbel Helm und Stirn zugleich ge-
spaltet!

Diesseits liegen hundert Felder, hundert jenseits blut-
begossen,

Wo der Fuß hintritt im Lande, ist ein rother Strom geflossen.

Csornya, Raab, Acs, Pußta Herkaly – wie so stumm
dieß Feld der Leichen,

Wo gehäuft die Heldenschädel in der heißen Sonne
bleichen!

Csornya! – Wyß,[41] der Unerschrockne, der mit stolzem
Todverachten

Wie zum Spiel ist eingezogen in das offne Thor der
Schlachten:

Jetzt auch ist er ohne Herold, ohne Knappen eingerit-
ten,

Doch nicht heimgekehrt vom Zuge, hat hier blut'gen
Tod erlitten! –

Weit den Strom hinab blickt Ofen,[42] herrschend über
Städt' und Land,

---

[40] Graf Schaffgotsch, Rittmeister von Wallmoden-Kürassiere, fiel im Treffen bei
Moor.

[41] Generalmajor Wyß, einer der ausgezeichnetsten Officiere der Armee; er wurde auf einer Recognoscirung gefangen und niedergemacht.

[42] Die Eroberung Ofens, wo 3000 Mann in einer unhaltbaren, eiligst befestigten,
überall von höheren Bergen überragten und eingesehenen Stellung, hinter ein
paar flüchtig errichteten Brustwehren dem Angriffe eines ungarischen Heeres
von 30,000 Mann ihrer besten Truppen unter ihrem besten Generale so lange
und so tapfer widerstanden, wurde sehr mit Unrecht dem vorgeblichen Verrath
des italienischen Regimentes Ceccopieri Schuld gegeben. – Diese Verleumdung
machte die Runde in allen Zeitungen, während gerade das Gegentheil wahr ist.
Außer dem Obersten Alluoch, dessen Tod wie er hier erwähnt wird, stattfand,
fielen von diesem Regimente bei der Erstürmung noch sechs Officiere: der Ober-

Und um seine düstre Stirne liegt ein dunkles Wolken-
band!
Manche Gräul' in alten Zeiten sahen diese Mauerza-
cken,
Als der Türke seine Ferse schlug in deinen stolzen Na-
cken,
Bis dich deutsche« Blut gelöset, deutsche Schwerter
dich gerettet,
Deutscher Fleiß des Reichthums Teppich über deine
Au'n gebettet! –
Dichte Feindesmassen stehen jetzt auf Bergen, in den
Gründen,
Und ein ehrner Gürtel drohet her mit hundert
mächt'gen Schlünden!
Als die Nacht hatt' ihre Schwingen über alle Höhn ge-
breitet,
Taucht ein Kriegsheer aus dem Boden, das heran zum
Sturme schreitet;
Niederbrausen, wie die Bäche brausen von der Felsen-
krone,
Von jedwedem Traubenhügel ungezählte Bataillone;
Als ob jeder Grashalm lebte, jeder Rebstock Waffen
trüge,
Und aus jeder Baumeswurzel des Geschützes Flamme
schlüge;
Während dicht die Eisenkugeln wie aus schwarzen
Wolken wettern,
Von dem hohen Kranz der Berge nieder auf die Veste
schmettern! –
Unermeßlich lärmt der Sturmruf, und die Schlachten-
donner toben,
Trommeln wirbeln bald im Graben, bald hoch auf der
Brustwehr oben:

---

lieutenant Mühlwerth und die Lieutenants Sarti, Rosa, Dalaglio, Fiedler und
Rosenzweig, und der tapfere Hauptmann Benigni wurde verwundet. Jedes
geregelte Kriegsheer, von was immer für einer europäischen Macht, würde sich
selbst und diese heldenmüthige Vertheidigung durch Milde gegen die Über-
wundenen geehrt haben; die Rebellenhaufen zeichneten sich noch nach der
Erstürmung durch kalte Grausamkeit aus.

Doch wie auch die Blätter fallen aus dem dürr gewordnen Kranze,
Fest noch stehen die Vertheid'ger auf der unerstiegnen Schanze.
Wo Gefahr am ärgsten drohet, wo die meisten Todten fallen,
Hört man aus dem schwarzen Pechrauch drohend Hentzi's Stimme schallen:

Hochgeschwungen seinen Degen, wirft er rasch die Feinde wieder
Von der fast erstürmten Bresche siegreich in den Graben nieder!
Doch stets frische Reihen eilen, auf die Mauern sich zu schwingen,
Ueber der gefallnen Leichen blut'gen Weg sich zu erzwingen;
Und wie, wenn bei mächt'gem Eisgang sich die Schollen Stück zu Stücken
Drängen, sie des mächt'gen Stromes Wogen endlich überbrücken,
So auch haben die gedrängten Massen festen Weg gefunden,
Und der Rettung letzte Schimmer sind allmählig hingeschwunden!
Hentzi fällt – die Tapfern fallen – und die Festung ist erstiegen,
Und von Ofens alten Wällen der Rebellen Fahnen fliegen! – –
Allnoch sieht's. Da spricht er ruhig: »Ich gelobte, diesen Ort
Lebend nicht dem Feind zu lassen,« und ein Braver hält sein Wort!
Und mit brennender Cigarre zündet er den Pulverlauf;
Mit gewalt'gem Donnerschlage kracht die volle Mine auf,
Und ein Flammenmeer blitzt jählings – und schwarz wieder ist die Gruft –
Und die wild zerstückten Glieder fliegen weithin durch

die Luft! – –

Einer gegen zehn! So standen dieses Kampfs ungleiche Loose,

Und so steht des Kampfes Ehre! Leuchtend wird die makellose

Auf zum hohen Himmel strahlen; und so lang ein Berg am Strande,

Noch ein Pfeiler dieser alten Königsveste ragt im Lande,

Wird die mächt'ge Tuba tönen; eines Sternenbildes Pracht

Einst noch Hentzi's Namen führen, und hell leuchten durch die Nacht!

Doch nicht *Einer* wird von Jenen fort im Buch der Zeiten leben,

Die, befleckt von schnödem Meineid, sich der Schande hingegeben:

Denn die Edlen sterben nimmer; doch den Frevlern zugemessen

Ist der Guten Fluch im Leben, nach dem Tod ein schnell Vergessen! – –

Jenseits, wo an hoher Dome Fuß die grünen Wogen schlagen,

Wo empor die goldnen Thürme kreuzgeschmückter Tempel ragen,

Wo die weite prächt'ge Kuppel strahlet in des Himmels Blau,

Die ein Bischof nachgebildet einst Sankt Peters stolzem Bau,

Schimmert Waitzen! Welch ein wildes Schlachten hat sich hier erhoben?

Götz und Jablonovsky[43] kämpfen, rings von Glut und Rauch umwoben!

Da aus eines Fensters Raume nahm ein Meuchler sich zum Ziel

Jener muth'gen Führer Einen – zielt, und schoß – und

---

[43] Die Generale Götz und Fürst Jablanowsky.

Einer fiel!

Götz sank nieder; und des Helden tapfrer Geist flog auf zum Himmel;

Doch der Mord fand seinen Rächer; blutig währte das Gewimmel,

Denn des edlen Polenfürsten muth'ge Seele hatt' beschlossen,

Hekatomben hier zu schlachten dem gefallenen Genossen! – –

In den Rebengarten Afzods rastet, früh vom Ruhm getragen,

Geramb,[44] dessen tapfres Herz hier schnell verblutend ausgeschlagen! – –

Ziehet längs den Höhen weiter, wo die frischen Wälder rauschen.

Wo sonst unbesorgt am Rande gern die scheuen Rehe lauschen,

Hinter jenem Fürstenschlosse, dessen baumumgebne Spitzen

In dem Strahl der Frühlingssonne hell wie goldne Flammen blitzen:

Sank durchbohrt der Kühnsten einer, weit voraus auf weißem Pferde,

Ohne Laut und ohne Zeichen mit dem Roß zugleich zur Erde!«[45]

Zürnend riefen seine Krieger: »Nimmer laßt in Feindeshänden

Unsres edlen Führers Leiche, daß sie nicht den Todten schänden!

Held Piattoli, nein, nimmer sollen dich die Honved haben,

Nimmer, wenn wir alle fallen, sollst du liegen unbegraben!«

---

[44] Oberstlieutenant Baron Geramb, durch Tapferkeit in hohem Grade ausgezeichnet, fiel in der Nähe von Aszod.

[45] Major Baron Piatroli, von Hartmann-Infanterie Nr. 9, kämpfte mit dem verwegensten Muthe gegen eine große Uebermacht bei Isaseg unweit Gödölö, dem prächtigen Schlosse des Fürsten Grassalkowich, am Charfreitag, 6. April.

Und ein blut'ger Kampf entspann sich. Neune sanken
noch erschlagen,
Doch die Leich' auf ihren Armen haben sie davon getragen! – –

Theiß, du Ganges der Magyaren, ich betrachte dich mit
Grauen,
Blutig roth sind deine Wellen, wüst zerstört dein Strand
zu schauen!
Du, die frisch um ihren Thyrsus dort den jungen Kranz
geschlungen,
Wo die Zimbeln unaufhörlich zu berauschtem Tanz
geklungen,
Wo durch Hesperidengärten deine kaum gebornen
Wellen
Lustig zwischen Tokay's duft'gen Nektarhügeln nieder
quellen:
Ziehst nun langsam, weite Flächen hohen Schilfs an
deinem Rand,
Fort durch schwarze schwere Triften und durch Szol-
noks öden Sand,
Bis dein Strom, der wegesmüde, schiffetragend hinge-
flossen
Durch das Kanaan des Ostens, bis er endlich sich er-
gossen
In der hehren Donau Fluten! – Welch ein weites
Todtenfeld,
Wo der Edelste und Höchste wie der Niedrigste ein
Held! – –

Hier zog au« dem Eisfeld Polens *Schlick* durch der Kar-
pathen Thore,
Trieb vor sich die flücht'gen Feinde durch Gebirge,
Wälder, Moore,
Nach der Hernat steilen Rändern, wo die süßen Weine
kochen.
Während bald an Kaschan's Pforten ehrne Schläg' um
Einlaß pochen,
Sieht man, wie in engern Kreisen jetzt heran die Seinen

schreiten

Stürmend, und mit sichrer Kugel Todesnoth dem Feind
bereiten!

Ha, ihr grünen Reiterschaaren, wie bei dem verwegnen
Jagen

Eure Sturmtrompeten schmettern! Gleichen Takt habt
ihr geschlagen

Mit dem Schwert! Doch sind als Opfer dem erzürnten
Gott des Krieges

Eurer Führer zwei gesunken in dem Morgenroth des
Sieges,

Concoreggio,[46] der, bevor er auf dem blut'gen Feld
erblaßte,

Kühn, ein andrer Meleager, den Sarmateneber faßte,

Der Podoliens Wald entkommen, jetzt in Ungarns
schönen Auen

Wühlt', und in den fetten Boden seinen weißen Zahn
gehauen.

Böhm[47] auch fiel hier, dem der Vater früh den blut'gen
Weg der Ehre

Zeigte; doch nicht war's beschieden, daß der schöne
Jüngling kehre

Zu den Seinen! Voran ritt er in des Kampfes grimms-
tem Tosen,

Bis er sank, um's bleiche Antlitz einen Kranz von Pur-
purrosen! – –

Immer weiter! – Nach Kapolna führt die Straße! Sie
durchschneidet,

Hochgedämmt, ein weites Moorland, wo das schwere
Hornvieh weidet.

Eilig zogen Nachts die Honved in verworrenem Gedränge

Drüber hin, die Angst im Herzen, daß die Flucht am

---

[46] Concoreggio, Major im Regimente Kaiser-Chevauxlegers.

[47] Rittmeister Baron Böhm, vom selben Regimente, ein junger Officier von großen Hoffnungen. Sohn des Gouverneurs von Olmütz, eines würdigen Veteranen
aus dem Befreiungskrieg.

Tag mißlänge!

Held von Wien, der Ehre Spiegel, nimm in ungetrüb-
tem Glanze

Diesen Lorbeer, der der deine, ein' ihn dem Erinne-
rungskranze,

Den zu Prag du auf die Bahre legtest jener Heil'gen,
Frommen,

Die von deinem Herzen grausam frevler Mord hin-
weggenommen;

Als, ein Muster hoher Seelen, du, ein christlich milder
Krieger,

Fortgescheucht der Rache Geister, deines eignen Bu-
sens Sieger! – –

Immer fort auf blut'ger Fährte! Tapio Bieske heißt der
Flecken,

Wo dem fünfmal stärkern Feinde Rastics[48] soll die
Waffen strecken:

Doch ein Andres hatte Jener, und ein Andres Er beschlossen;

Er blieb stehn im Feld als Sieger, Jener floh davon verdrossen! – –

Szolnok! Unglück tönt dein Name, wild Entsetzen ruft
er wach!

Längs den weiß getünchten Häusern rieselt wie ein
rother Bach

Aus den Gossen deiner Straßen langsam der Erschlagnen Blut

In der Theiß, der uferlosen, angestaute trübe Flut;

Denn der Raum zur linken Seite ist vom Lauf des
Stroms geschlossen,

Und rechts her in dichten Massen starrt's von blinkenden Geschossen,

Und es tönt der Feinde Trommel und die Bajonette ragen

---

[48] Generalmajor Rastics, der Held des Tages, erhielt in diesem Treffen den Ma-
ria-Theresienorden.

Zahllos, wie das Schneegestöber herweht in des Winters Tagen! –
Jetzt gilts mit dem scharfen Schwerte sich den Rückzug zu erzwingen
Aus gewaltiger Umarmung, aus des Netzes ehrnen Schlingen;
Und beim bleichen Gott des Krieges, so geschah's am hellen Tage,
Trotz dem flammenden Geschütze, trotz der Kugeln Hagelschlage! –
Mancher ist nicht mehr gekehret, den sein Stern hierher gesendet:
Sachareck mit siebzehn Wunden hat als Reitersmann geendet![49]

Jenen Jüngling dort auch kenn' ich, der bei seiner Fahne ruht,
Ivo Feueregger heißt er – armes, wackres, junges Blut![50]
Doch ein Held hat seines Blutes Purpurströme hier vergossen,
Die nicht edler und erlauchter je in Fürstenadern flossen.
Jenes Helden hoher Schatten steigt empor aus dem Gewimmel,
Riesengroß und lichtumflossen hebt er sich zum hohen Himmel!
Jener ist es, mit dem groben Lodenkittel angethan,
Er, ein Niedrer, Unbekannter, – nicht einmal ein Reitersmann, –
Des Geschützes Rosse führend! Sieh, da saust des Feindes Schuß,
Und zerschmettert aus dem Bügel niederhängt des Reiters Fuß! –
»Mag er hängen!« Jetzt nicht ist es Zeit, an Qual und Tod zu denken,

---

[49] Rittmeister Sachareck von Kaiser-Dragoner.

[50] War eben zum Officier ernannt und führte als Cadet, noch im Treffen von Szolnok, die Fahne des Bataillons.

Vorwärts! Laßt grad in des Feindes Mitte das Gespann mich lenken,

Wo der Hölle Pfuhl eröffnet, Feuer regnet und Verderben,

Dort wo jetzt allein der Sieg wankt, ist der beste Ort zu sterben!«

Und hin fliegen die Geschütze! – Durch zwei heiße Kampfesstunden

Sorgt der Tapfre des Gespannes, seines Fußes nicht, des wunden;

Führt im Sturm der Feindeskugeln standhaft seinen Flammenwagen,

Ob todt neben, hinter ihm, auch Roß und Reiter niederschlagen!

Und ein zweiter Ball fährt nieder, und die früher heil geblieben,

Hüft' und Schenkel, seht sie krachend splitternd aus einander stieben!

Doch der Mann wankt nicht im Sattel; geisterbleich, voll Blut, doch heiter

Führt die siegende Kanone, bis der Kampf zu End', Er weiter!

Da erst als der Lärm des Tages auf dem blut'gen Feld verhallet,

Schon vom breiten Schilf des Stromes abendlich Gesäusel wallet,

Sprach er: »Hebt mich jetzt vom Pferd, und lohnt es noch die Müh, so tillet

Diesen Rest von meinem Blute, der mir aus den Wunden quillet!« – –

Wollt ihr mit dem Wallfahrtzuge pilgernd längs dem Berghang gehen

Gen Mariazell in Oestreich, werdet ihr ein Denkmal sehen

Stehn auf offner Straß', und lesen: »*Scheder*«[51] in granitner Rahme:

Dieß ist dieses schlichten Helden ewig ruhmgekrönter

---

[51] Scheder, Gemeiner vom Artillerie-Fuhrwesen.

Name,
Der nicht lebend seiner schönen Heimath frische
sammtne Auen,
Nicht die blinkenden Krystalle ihrer Quellen mehr sollt'
schauen!
Nicht das Land, das ihn geboren, deckt des Tapferen
Gebeine;
Doch ein Herold seines Ruhmes ruft die Schrift im
Marmorsteine;
Und die Leiche, die zu Pesth liegt, wo sein Geist zu
Gott entflogen,
Ward gleich eines Kriegesfürsten todtem Leib in's Grab
gezogen.
Jene hohen Führer alle, die das Heer im Kampf geleitet,
Haben dieses Troßknechts Bahre auf dem letzten Gang
begleitet. –
Ach, wer kann sie alle zählen! Ist doch, wie wir weiter
gehn,
Gleis an Gleis der Kriegeswagen tiefe blut'ge Spur zu
sehn;
Bis zu Sirmiens fernen Strecken, bis zum blauen Do-
naubogen,
Den Wardein von hoher Wartburg überwacht, sind sie
gezogen;
Und Brand, Mord, Verwüstung drangen in entsetzen-
vollen Reigen
Sich heran, euch durch die Oede den unsel'gen Weg zu
zeigen. –
Wo der Donau blaue Flut sich wie ein dunkler Meer-
arm weitet,
In Wardein, der starken Veste, welch ein Werk wird
dort bereitet?

In dem tiefen Festungsgraben ist ein Hügel Sand ge-
schichtet,
Wo Rebellen Kriegsvolk harret! Kaum daß sich der
Morgen lichtet,
Führt man drei gebundne Männer aus der nahen Ka-
sematte,

Die zu Debreczin der Blutrath Kossuths sich erkoren
hatte;
Und die Augen unverbunden, knien mit ungebroch-
nem Muthe
Auf dem Hügel sie – da kracht es, und sie liegen todt
im Blute!
Niedern Rangs nur waren jene in des Kaisers großem
Heere,
Aber erste Würdenträger in dem hohen Saal der Ehre:[52]
Wieder auf dem Wall der Festung sollten Oestreichs
Fahnen weben,
Freudig an die Heldenhoffnung setzten sie das eigne
Leben;
Pimodan, hier kriegsgefangen, war des kühnen Werkes
Leiter,
Und Verbrecher, hier zur Strafe, waren die erhofften
Streiter.
Kossuth trug einst Dienst und Freiheit ihnen an, doch
sie erlitten
Lieber ihres Schicksals Strenge, als daß sie für ihn ge-
stritten;

---

[52] Der Stabsprofos Kusmaneck zu Peterwardein, die Unterofficiere Braunstein
und Kraue und der Eigenthümer der Donaufähren Gerberich, konnten den
Widerwillen, die Festung in den Händen der Insurgenten zu sehen, nicht mehr
ertragen. Schon vom Augenblicke an, als sie durch Verrath in die Hände der
Feinde übergegangen war, hatten sie den Entschluß gefaßt, sie wieder in die des
Kaisers zu bringen. Sie wollten mit Hülfe der dort noch befindlichen vormärzli-
chen Militärarrestanten einen Aufstand ausbrechen lassen, eines der Thore an-
greifen und es dem die Festung belagernden Obersten Mamula, der, davon
unterrichtet, zu gleicher Zeit dasselbe Thor von außen stürmen sollte, in die
Hände liefern. Sie vertrauten ihre Absicht dem tapferen Major Graf Pimodan,
der kurz zuvor von den Honveds gefangen nach Peterwardein gebracht worden
war. – Der Versuch mißlang und die Treuen bezahlten ihn mit dem Leben. Die
ungarischen Blutgerichte ließen sie erschießen mit Ausnahme des Grafen Pimodan, in dessen zu Paris erschienenen Aufzeichnungen über den Feldzug von
1849 in Ungarn die Erzählung dieses Unternehmens einen interessanten Ab-
schnitt bildet. Sogar die gesammten Festungsarrestanten, früher Militärverbre-
cher, gaben den Rebellen ein demüthigendes Beispiel von Treue und Pflichtge-
fühl, indem sie alle, ohne Ausnahme, die Freiheit als Lohn für ihren Uebergang
zum Feinde ausschlugen.

Mancher Unthat schuldig, trugen sie viel lieber ihre
Ketten,
Als sich durch Verrath an ihrem angestammten Herrn
zu retten. –
Welch ein Anblick durch die Haide! Fahler Dunst webt
auf dem Grunde,
Den des Krieges Schrecken alle heimgesucht zur selben
Stunde,
Pesthauch und des Feinds Geschosse! Wo die schatten-
lose Fläche
Ausgebrannt, die staub'gen Felder quellenlos und ohne
Bäche,
Schutt die Brunnen! Wo kein Baum grünt und der
Sommerhitze Gluten
Das Gehirn zum Wahnsinn sengend, senkrecht auf die
Ebne fluten,
Hier am Fuß der Römerschanze, wo an oft bestürmter
Wand,
Unbewegt, gleich einem Schlachtthurm, Knicanin, der
Serbe, stand!
Titell, Kovil, O Kér, Hegyes – wo sind eure Weizenflu-
ren?
Werden aus dem blut'gen Boden je hervor der Halme
Spuren,
Je das Fruchtmeer wieder keimen, das hier schimmernd
ausgestreckt,
Gleich als wär' das Goldvließ Jasons endlos drüber hin
gedeckt? – –[53]

Bald erklungen ist der Schlachtlärm, ungehört verhallt
das Stöhnen
Sterbender, die Schmerzenslaute, des Getümmels wil-

---

[53] Die Gegend der unteren Donau zwischen Esseg und dem Franzkanal mit den
Schlachtfeldern von Neusatz, Panczova, Peterwardein, Tittel, Perlaß, Mohorin,
Kovil, Kacs, O-Ker, Hegpest, war wohl der Punkt des Kriegsschauplatzes, wo die
Gräuel des Todes und der Verwüstung am furchtbarsten wütheten. – Die Bra-
vour Knicanins, der diese Linie vertheidigte, Mamula's, Puffers und ihrer Truppen, überhaupt die beispiellose Aufopferung dieser Armee des Ban Jelacic ge-
hört der Kriegsgeschichte künftiger Zeiten.

des Tönen,
Und das Blut, das statt des Thaues heut auf Halm und
Gras gelegen,
Morgen wäscht die Tropfen wieder spurlos ab des
Himmels Regen;
Ueber der Erschlagnen Leichen geht des Pflügers Ei-
senspaten,
Und vergnügt hebt sich die Lerche trillernd aus den
Frühlingssaaten;
Nur der Schmerz einsamer Liebe sucht nach gram-
durchlebten Jahren
Noch die Hügel ihrer Todten, und selbst diese Hügel
waren! –
Kommen die drei Brüder Pringle durch die Nacht dort
nicht geritten?
Briten, tapfre Waffenbrüder, hohen Muths und edler
Sitten.[54]
Ist's kein Pringle, dessen Stimme lauten Rufs von ferne
schallt?
Doch die echolose Haide schweigt, und keine Antwort
hallt! –
Ach, die Brüder beide liegen auf der Wahlstatt längst
erschlagen
Und im Land umirrt der Dritte, ihre Leichen zu erfra-
gen;
Wenigstens den Ort erkunden möcht' er, wo die Tap-

---

[54] Drei Brüder Pringle, Söhne des englischen Colonels Pringle, dienten als Cavall-
lerieofficiere in der östreichischen Armee. Einer von ihnen, Officier bei Schwarzenberg-Uhlanen, blieb bei dem Angriffe auf Engelsbrunn nächst Arad; die Art
des Todes des zweiten, Rittmeisters bei Kaiser-Kürassiere, ist ungewiß; er blieb
schwer verwundet auf dem Schlachtfelde bei Pered liegen. – Der jüngste Bruder
konnte trotz aller gemachten Nachforschungen keine genauere Nachricht von
seinem Tode einholen. Von Officieren, wie die Brüder Pringle, Dundas. der
Oberstlieutenant Carry, die Brüder Yates Swinborn und so viele andere Briten in
der östreichischen Armee, hätte man in England ganz andere und gewichtigere
Nachrichten über die ungarischen Verhältnisse, über Veranlassung und Fort-
gang dieses unseligen Rebellenkrieges erhalten können, als sie John Bull von den
ungarischen Flüchtlingen und Journalen wie Daily-News zu Theil geworden
sind; Nachrichten die Lord Palmerston und die englischen Minister trotz besse-
rer Ueberzeugung zu bestärken, aber nicht zu entkräften bemüht waren!

fern schlafen,
Die des Feindes scharfe Säbel, seiner Schützen Kugeln
trafen! –
Ich auch rufe ihre Schatten in des Grabes Tiefe wach,
Daß sie bleich und blutig treten aus dem dunklen Erd-
gemach;
Ruf' die Männer Albions alle, hundert, die bei Oe-
streichs Fahnen
Standen und mit uns gegangen jene siegumstrahlten
Bahnen,
Die gesehn das Land im Frieden und den Kampf des
Rechts gestritten,
Daß sie mögen Zeugniß geben vor dem Parlament der
Briten,
Wenn Verleumder frechen Mundes sich in seinem
Schooß erheben,
Ehr' und Treue zu begeifern, Schande zu verklären
streben!
Daß dem Lord voll Trug und Tücke, der wie Satan sitzt
und sinnt,
Und die Welt in Brand zu stecken, schadenfrohe Pläne
spinnt,
Der wie jener York im Purpur, einst im Tode wird er-
bleichen
Unter Krämpfen des Gewissens, aber ohne Gnadenzei-
chen;
Daß dem Mann auch auf dem Wollsack, daß den
trunknen Meutrermassen,
Die in Barklays Bräuhaus Haynau ungestraft am Barte
fassen,
Daß dem rohen Volk von England, das beim Frevel feig
geschwiegen,
Kunde werde, wo der Ehre Nibelungenschätze liegen!
So dem edlen Marquis Landsdown' mög' es klingen in
dem Ohre,
Wem er gastlich seine Pforten aufthut, wem Britanniens
Thore!
Um geringrer Frevel willen, um Verrath, noch nicht be-
gangen,

Mußten sonst die Söhne Irlands an engländ'schen Galgen hangen;
Und die Geier Joniens sah man schaarweis um die Leichen fliegen,
Die ein britischer Satrape eignem Wahlspruch hieß erliegen.
Drum was ihr daheim nennt Schande, preist's nicht außer Englands Gränze,
Und wenn eignen Schurken Stricke, windet nicht den fremden Kränze!
Thut es kund, Lebend'ge, Todte, – Briten, die in Oestreichs Heere
Starben, leben – auf, und redet, gebt Gott und der Wahrheit Ehre!
Nicht um Ungarns Volk zu knechten, zogt ihr aus mit unsern Fahnen,
Nein, daß es nicht *andre* knechte! Nicht vom Throne seiner Ahnen
Frech den hohen Jüngling treibe, der ein Stern ist aufgegangen
Goldner Hoffnung für die Zukunft und ein Trost nach langem Bangen.
Dort ein Grab noch laßt mich schauen – – doch wir müssen weiter ziehn
Ueber jene Ruhmesstätten, wo der Temes Wogen fliehn;
Wo, am Abgrund stehend, endlich die Verräther sehn mit Schrecken,
Daß der tolle Wahn zu Ende, sie die schuld'gen Waffen strecken;
Als dem eigenen Gewissen und dem Schwerte sie erlagen,
Und sich scheuten, ihre Blicke vor den Brüdern aufzuschlagen;
Als sie flohn in fremde Zelte, gleich wie Adam nach der Sünde
Nicht gewagt dem Herrn zu stehen und sich barg in dunkle Gründe! – –
Szegedin, erstürmt, erobert! – Szöreg, wo auf Dammes-

breite
Gegen unzählbar Geschütze Oestreich schritt zum stolzen Streite –
Temeswar! das unbezwungen Trotz geboten allen Toden,
Auf die Thore! Oestreichs Fahnen flattern vom erstrittnen Boden!
Auf die Thore! deine Feinde fliehen ohne umzuschauen,
Wild geschreckt von Haynau's Schwerte und der eignen Seele Grauen! – –

Auch von hier noch liegt ein weiter Blutweg vor uns zu durchgehen,
Bis daß wir den letzten Markstein dieses grausen Kampfes sehen;
Noch auf Transsilvaniens Bergen müssen wir, in seinen Gründen
Helle Ruhm- und Todtenfeuer, weithinstrahlende, entzünden,
Hier wo treue Freundeshülfe muthig uns zur Seite stand,
Als wir fruchtlos umgeblicket rings um sie im deutschen Land!
Mögen eurer Helden Namen heimathliche Sänger finden,
Dir Skariatin und den Deinen den verdienten Kranz zu winden! – –

Heil dir, Karlsburg! Eine Handvoll Tapfrer hat hier gegen Heere
Ihrem Herrn den Platz erhalten, und sich selbst den Kranz der Ehre![55]
Stolzenburg, zweimal erstürmte! Sieh mit seinen Grenadieren
Puchner, mit der Pfeif' im Munde, wie zum Spiel zum

---

[55] Unter Obrist Augustin, einem sechsundsiebenzigjährigen Greise aus dem Pensionsstande.

Sturm marschiren!

An der Brücke dort bei Piska wogt ein blutiges Gedränge!

Fröhlich reihten sich die Schaaren wie zu freundlichem Gepränge,

Die Muskete schwieg, die Scheide suchten unsrer Reiter Klingen,

Nicht mehr glaubten sie sie heute noch im Bruderkampf zu schwingen;

Weiße Friedensfahnen wehen, und kein Feind ist hier zu schauen,

Und des Kaisers ritterliche Krieger nahen mit Vertrauen,

Den bekehrten Reuevollen die versöhnte Hand zu reichen;

Denn noch niemals waren Ungarn eingeübt in Gaunerstreichen,

Wie sie noch als Waffenbrüder kämpften, rühmliche Genossen,

Mit uns Leid und Freude theilten, fest an Oestreichs Thron geschlossen:

Doch umsonst nicht hatten alle fremden Schurken hier geschaltet,

Nicht vergebens Bems Gesellen der Magyaren Ruhm verwaltet.

Wie sie nah genug sich stehen, öffnen plötzlich sich die Glieder,

Aus enthüllten Mordgeschützen schlägt Kartätschenhagel nieder;

Ein zerstörend Feuer rollet Schlag auf Schlag und legt die Reihen

Nieder, wie des Mähers Sense Schwad' auf Schwaden legt im Maien!

Dort ist Losenau gefallen, den der Ruhm vor Andern kränzte,[56]

---

[56] Dieser ausgezeichnete Cavalerieoberst fiel an der Spitze der Truppen, nachdem er im Laufe des Feldzuges, sowie die beiden Cavalerieregimenter Savoyen-

Der vor seinen tapfern Reitern wie ein heller Leitstern
glänzte!
Baudissin![57] Sey euer Name nicht vergessen, den vom
Strande
Holsteins riefen die Geschicke nach dem zweiten Vater-
lande!
Allwärts ihrer Pflicht gedenkend, seinen alten Ruhm zu
mehren,
Liegen Zweie, die ihn trugen todt auf diesem Bett der
Ehren! – –
Urban[58] stand dem Sturm entgegen wildgehetzter
Szekterhorde,
Der der Führer rothe Fackel leuchtete zu Raub und
Morde;
Ein Odysseus, dem der Muth nie in der ehrnen Brust
erkrankte,
Nie der Geist, der vielgewandte, rathlos in Gefahren
wankte!
Neben ihm ein muntrer Knabe, den der Vater lehrt ver-
achten
Tod und Wunden, selbst ihn sendend in den blut'gen
Knäul der Schlachten,
Und dem auf der Brust die Zeichen mannhaft ernster
Kämpfe glänzten,
Lang noch eh' des Bartes Flaumen seinen jungen Mund
bekränzten! – –

Hermannstadt, du viel bedrängte, hast Raub, Brand
und Mord erlitten,
Doch es hat sich deutsche Treue goldnen Namen hier
erstritten!
Wallt dort unter Kriegerschemen nicht ein Priester? –

Dragoner und Ferdinand Maximilian-Chevaurlegers die glänzendsten Dienste
geleistet hatte.

[57] Zwei Brüder Grafen Baudissin fielen in diesem Kriege; beide ausgezeichnet
tapfere Officiere.

[58] Einer der ausgezeichnetsten Generale der Armee.

seht ihn dort! –[59]

Kennt ihr ihn? Von heil'ger Stätte zogen ihn die Mörder fort,

Ihn, den Greis, den hochbetagten, der ein Segen war dem Lande,

Schleift zum Mordpfahl hin und würget diese Blutgesellenbande! –

Ist kein Ziel denn dieses Weges? Hör' ich an den wilden Klausen

Nicht schon der Aluta Wasser schäumend in die Tiefe sausen?

Sind nicht hier die Felsenpforten zu der Türken Land zu schauen,

Sind dieß nicht die Moslimszelte, die dort ruhn im Nebelgrauen?

Ja, so ist's. Zum Rothenthurme, hin nach Borgo-Ruß gewendet,

Dort erst an des Reiches Grenze, ist der Gräbergang geendet! – –

Wen'ge hat des Sängers Stimme jener ruhmbedeckten Todten

Aus der heiligen Umzäunung ohne Wahl herauf entboten;

Nicht gesucht hat er im Kreise; Tausend schlafen unbesungen,

Und vielleicht die *besten* Namen sind's, die ungenannt verklungen.

Doch sie deckt das gleiche Bahrtuch, und dem einen Vaterlande

Sind sie eigen, dem verjüngten, neu verknüpft mit gleichem Bande! –

---

[59] Der von den Insurgenten hingerichtete Prediger Roth.

Umrisse

Franz Joseph

Welschland und Ungarn waren abgefallen;
Wohin ich mocht' im Reich die Blicke wenden,
Sah ich Verrath aufstehn an allen Enden,
Und hört' ihn tobend durch die Straßen schallen.
Vertrieben floh ich aus der Hofburg Hallen; –
In welche Gegend sollt' ich Boten senden,
An wen die Worte machtlos noch verschwenden?
Mein junges Haupt schien dem Geschick verfallen! –
Da fühlt' ich, daß ich stamm' aus Oestreichs Blute;
Ich faßte kühn die Krone meiner Väter
Und setzte sie auf's Haupt mit stolzem Muthe!
Ein Schirmherr bleib' ich kommender Geschlechter,
Ich führ' ein Schwert noch gegen Uebelthäter,
Und ruf getrost: der *Herr* ist mein Verfechter!

Radetzky.

Bald fliehen sie, die jetzt uns drohn, die Frechen,
Die meinen jungen Herrn, den gnadenvollen,
Vom Throne seiner Väter stoßen wollen,
Und seiner Herrschaft goldnes Scepter brechen.
Nicht eine welsche Mücke soll ihn stechen,
Viel weniger die Schlangen, giftgeschwollen,
Den jungen Aar! Ich will, daß sie's nicht sollen!
Sie sollen nicht am Krönungsmahle zechen!
Und wenn zehn Heere aus dem Boden steigen,
Und wenn zehn Könige aufstehn der Sarden,
Sie werden bald die Heimath wieder suchen,
Und allesammt, die Zähne knirschend, fluchen
Der bösen Stunde, Sarden und Lombarden!
Der »Alte« lebt: wenn's Noth thut, wird er's zeigen!

Hess

Seht diesen Mann! Ihr habt ihm mehr zu danken
Als alle Lobesworte können sagen:
Kühn bis zum Aeußersten, und doch getragen
Vom sicheren, klarströmenden Gedanken.
Euch blieb stets feste Bürgschaft, ob im Schwanken
Auch Tau und Segel kracht, vom Sturm geschlagen,
Sein kalter Muth. Ihr saht im kecksten Wagen,
Ein Fährmann sitzt am Steuer ohne Wanken!
Er tragt an Ruhm und Ehre reiche Bürden;
Den Kriegern aber scheinen seine Würden
Für sein Verdienst fast noch zu karg bemessen,
Indeß er selbst bescheiden will vergessen,
Daß von der Etsch bis zu Novara's Walle
Vereint sein Nam' und der *Radetzky's* schalle!

Felix Schwarzenberg

Mich rufen Ehr' und Pflicht an jene Stelle,
Wo Männer, stark an Thaten und Entschlüssen,
Oestreich zu retten kühn sich einen müssen;
Fort eil' ich von Italiens Marmorschwelle,
Ob auch das Blut noch meiner Wund' entquelle,
Nicht erst den Schlachtstaub schüttl' ich von den Fü-
ßen;
Des Aufruhrs Woge steigt in breiten Flüssen,
Drum jagt, ihr Rosse, jagt mit Blitzesschnelle! –
Und als ich ankam, trieb ich aus dem Schreine,
In dem die Freiheit lag, matt zum Verscheiden,
Die Schächer erst, und reinigt' die Gemeine;
Dann, als der neue Bund war ausgesprochen,
Schwur ich – und halte treu an meinen Eiden:
Noch hat kein *Schwarzenberg* sein Wort gebrochen.

Windischgrätz

1.

Es galt, auf Leipzigs Feld in heißen Schlachten
Vom deutschen Grund die Franken abzuwehren;
Jung schon ein Held, lernt' ich in Oestreichs Heeren
Nach echtem Ruhm und wahrem Leumund trachten.
Dort wo die blut'gen Erntekränze lachten,
Glänzt' ich geschmückt mit kriegerischen Ehren,
Drum konnt' ich feiler Zungen Lob entbehren
Und der Verleumdung Geifer tief verachten!
Stolz nennt man mich, weil ich nach Ruhm nicht buhle,
Der seine Kränze holt aus Goss' und Pfuhle:
Doch wer mich kennt, preist meines Herzens Milde;
Der Sitten Unmuth und des Mitleids Blume,
Sie waren Helmzier meinem Ritterthume,
Und jedes Recht fand Schutz bei meinem Schilde!

2.

Als der Empörung Strom mit sich getragen
In seinem Anlauf hatte Damm und Schranken,
Die Sturmflut einbrach in des Schiffes Planken,
Zerstreut am Boden Mast und Steuer lagen,
Da thaten Männer Noth, die ohne Zagen
Dem Frevel zeigten kühne Löwenpranken!
Dem Simson gleich, als Prags Gewölbe sanken,
Hab' ich mit meinen Schultern sie getragen! –
Und eine Kugel flog aus feilem Rohre,
Das nicht gewagt auf meine Brust zu zielen,
Daß sie in eines Engels Herz sich bohre;
Das Blut der Heil'gen netzte Wand und Dielen,
Ich aber riß mich standhaft von der Todten,
Gefaßt zu thun, was Ehr' und Pflicht geboten!

3.

Und als ich Böhmen so dem Reich erhalten,
Zog ich gen Wien, das Volk der Barrikaden,
»Die große Bande,« vor's Gericht zu laden.
Da wurden bleich die seltsamen Gestalten,
Die erst Mordpredigten dem Volk gehalten
Und im Soldatenblute wollten baden,
Als sie das Seil jetzt hängen sahn am Faden
Und die Gerechtigkeit die Wage halten!
Von Wien drang ich nach Pesth, des Kraters Mitte,
Doch übt' ich dort zu früh Verzeihn und Milde,
Bestürmt von heuchlerischer Reu' und Bitte;
Zu früh vertraut' ich und ließ ruhn die Waffen,
Bis der Verrath sich Heere neu geschaffen,
Geschützt von Steppen, hinter festem Schilde!

Haynau

Ich bin vom Holz, aus dem man Feldherr schneidet,
Bin schnell entschlossen, kraftvoll im Vollbringen
Und setze muthig Alles an's Gelingen,
Weil Alles doch nur der Erfolg entscheidet.
Doch wie der Fuchs mit List die Eisen meidet,
So meid' auch ich die feingelegten Schlingen,
Oder durchbreche sie mit kühnem Ringen,
Blücher – in weißen Waffenrock gekleidet!
Der Aufruhr schilt mich grausam, weil dem Armen,
Unschuld'gen, dem Verführten mein Erbarmen,
Und dem Verführer *nicht* zu Theil geworden;
Ein wildes Thier, das sich erfreut am Morden,
»*Horrible butcher*« schimpften jüngst mich Briten,
Sie mögen's, wenn sie erst mit mir gestritten!

Schlick

Ein Auge hieben dir des Freundes Reiter[60]
Bei Leipzig aus, doch deinen Tod gewendet
Hat Oestreichs Schutzgeist, der dich her gesendet
In's Ungarnfeld, dich, unverdrossnen Streiter!
Dich liebt das Heer, denn furchtlos blickt und heiter
Dein Antlitz stets, und ob ein Aug' geblendet,
Das andre, wach und rings umher gewendet,
Sieht wie ein Falk, und keines blicket weiter!
Hoch ragst du auf, trägst nicht der Jahre Spuren,
Und wirbst, ein Glück bevorzugter Naturen,
Noch frisch um jeden Lebenskranz verwegen.
Dir rufen stürmisch »Hurrah!« die Soldaten,
Die bis nach Arad folgten deinem Degen
Von Sieg zu Sieg, vom Fuße der Karpathen!

---

[60] Kosaken hielten ihn für einen feindlichen Officier.

Nugent

Dem Aetnagipfel, dem Cyklopensitze
Gleichst du, den Schnee bedeckt mit weißen Flocken,
Kahl – rings Geröll – geschmolzner Erze Brocken –
Verkohlte Lavaströme bis zur Spitze:
Doch unterm Fuße brennt's, man fühlt die Hitze,
Und daß die Rinde nur verkohlt und trocken,
Und nicht des Kernes innre Gluten stocken,
Und oft urplötzlich flammen auf die Blitze!
So gährt und kocht und glüht dein Geist beständig,
Und treibt dich, Greis, stets wieder an zu Thaten,
Wie's dort im Schlund des Aetna kocht unbändig.
Und manch ein Jünglingswerk ist dir gerathen;
So fiel dir Esseg – Ha! in's Mark getroffen!
Zu Schutz und Trutz ist jetzt der Weg erst offen!

Jelacic

1.

»Ban von Croatien!« scholl's am Glinathale,
Wo du, ein Dichter und Soldat, gesessen,
Und ideale Bahnen ausgemessen
An frischer Quelle epheugrüner Schale!
Du Mann, durchglüht von der Begeistrung Strahle,
So mild und sanft, so muthig, so vermessen –
Warst kaum gekannt – vielleicht auch schon vergessen!
»Ban von Croatien!« rief's zum andernmale! –
Da schnell empor sprangst du vom weichen Moose
Und riefst erstaunt: »Wie – ich?« Und vor die Seele
Trat deine Zeit und ihre mächt'gen Loose.
Und wie geharnischt Pallas ohne Fehle
Dem Haupte Zeus entsprang, die makellose,
Standst du gewärtig, was der Geist befehle!

2.

Und eine blut'ge Röth' am Himmelsbogen,
Wie wenn Kometen aus die Fahnen stecken,
Sah man durch's weite Firmament sich strecken;
Her gen Croatien kam der Sturm gezogen.
Da schwollen rings empor des Volkes Wogen,
Es drängten sich hervor aus allen Ecken
Mit Schwertern, Büchsen und mit Schäferstecken –
Die Krieger halb, halb Hirten auferzogen!
»Führ' uns zum Kampf! Es droht, der uns Genosse
Gewesen, der Magyar, und will uns knechten,
Und will den Fuß auf unsern Nacken stellen;
Wir aber sind zu gleichen Kampfgesellen
Gemacht, und nicht zu dieses Volkes Trosse!
Drum führ' uns bald – so rief's – wir wollen fechten!«

3.

»Ihr Krieger, Sieger, wer will euch entthronen,
Als ob das Schwert wär' eurer Faust entglitten,
Wer eure Sprach' euch nehmen, eure Sitten?
Will so der Nachbar euren Beistand lohnen,
Daß er euch wehrt, frei auf dem Grund zu wohnen,
Dem äußersten, den christlich Volk beschritten,
Den euer Blut dem Türken abgestritten?
Kamt ihr in's Land vielleicht wie wilde Drohnen? –
Urwüchs'ger Stamm! Du sollst nicht dienstbar werden
Dem wahngepeitschten Stolze der Magyaren!
Dieß freie Königreich erkennt auf Erden
Nur *einen* Herrn, und den will es bewahren;
Der thront zu Wien im Schlosse seiner Väter,
Und ihn umsonst entsetzen die Verräther!« –

4.

»Bis Ofen flohn vor mir scheu die Rebellen,
Einzig gejagt von meines Namens Schrecken;
Dort sollt' der Morgen sie zum Kampfe wecken,
Die nächste Sonne sollt' das Schlachtfeld hellen –
Als ich von Wien hört' einen Angstruf gellen!
Nicht wüßt' ich gleich, wie ich die weiten Strecken
Im Fluge zu durchziehn mich sollt' erkecken,
Noch wo dem Feinde mich entgegenstellen:
Und wie ich Rath im Geist pflag, trat am Himmel
Hervor ein Sternbild aus dem Lichtgewimmel;
Dir will ich folgen, rief ich, Stern dort oben!
Er, der mich führte, war der Stern der Treue! –
Ihr Feinde, nützt die Zeit zu schneller Reue,
Denn aufgeschoben ist nicht aufgehoben!«

5.

So folgt' ich stets dem Stern und seinem Glanze,
Und pflanzt' die ruhmumschimmerten Standarten
Auf viel bezwungner Städte blut'ge Warten,

Bis ich erkoren mir zum Waffentanze
Das Feld Eugens, die alte Römerschanze,
Wo einst des Kaisers Heer abstritt im harten,
Gewalt'gen Kampf dem Türken Ungarns Garten,
Und über's Blachfeld jagte seine Lanzen!
Wo Theiß und Donau sich die Arme reichen,
Hier laßt uns halten, und hier laßt uns sterben!
Von diesem Platz soll uns kein Feind verscheuchen,
Hier ist ein Weg nur – über unsre Leichen! – –
Sie hielten Wort, Eugens ruhmreiche Erben,
Sie starben hier – an Siegen und an Seuchen!«

Hier schläfst auch du, mit deinen Knabenwangen[61]
Und deiner Heldenseele, junge Blume,
Die einen kurzen Tag geblüht im Ruhme,
Und ohne Thau, verschmachtend, heimgegangen
Im Sonnenbrand, im heißen Thatverlangen!
Du hast auf ferner Erde fremder Krume
Gelöst nach wohlbestandnem Waffenthume
Vom jungen Leib die schweren Harnischspangen,
Und liebend zogen tapfere Genossen
Dich noch im Sturm von Schwertern und Geschossen
Hervor aus tausend aufgethürmten Leichen,
Und höhlten dir ein Grab im Pulverdampfe,
Und riefen dir inmitten ans dem Kampfe:
»Guter Kam'rad, kann dir die Hand nicht reichen!«

---

[61] August v. Binzer, Oberlieutenant von Wallmoden-Kürassiere, 2l Jahre alt,
erkrankte als das Regiment nach der Schlacht von Hegyest, der er mit der kalt-
blütigsten Tapferkeit beiwohnte, nach einem sechsunddreißigstündigen Marsche
in's Lager von Kacs eingerückt war, an der Cholera und starb fünf Stunden
nachher. – Das Officierscorps des Regiments ließ ihm mitten in den kriegerischen
Wirren des Augenblicks zu Karlowitz, wo er begraben liegt, eine 12 Fuß hohe
Marmorpyramide mit folgender Inschrift setzen:
»Das Officiercorps des Kürassier-Regimentes Graf Wallmoden ihrem tapferen
Kameraden August v. Binzer, gestorben am 15. Juli 1849 im 22. Lebensjahre.
Bleibt uns auch im ewigen Leben ein guter Kamerad.«So ehrte das Regiment das
Andenken eines jungen Officiers, der durch seine ausgezeichnete Tapferkeit bei
größter Anspruchslosigkeit und Herzensgüte der allgemeine Liebling seiner
Kameraden war.

Wer warst du denn, du junger Kampfgeselle,
Daß aus der Menge, die der Tag verschlinget,
Klanglos und sanglos, sich dein Bild entringet;
Daß Lieb' ein Grab dir baut, und lind die Welle
Der Klage rauscht um deine Ruhestelle;
Daß die Kamön' ein Trauerlied dir singet,
Und daß sein Echo deinen Namen bringet,
Den unbekannten, an des Tages Helle?
Ein Sandkorn warst du, wo sich Alpen heben,
Ein Tropfen nur in grauen Meeresfernen! –
»Ich war ein Herz voll Lieb'!« – Und so verzeihet,
Wenn ihn, der so bescheiden stand im Leben,
Ein Dichter an Heroen angereihet,
Und sein gedenkt bei seines Landes Sternen!

Schlußwort

Genug der Lieder! Und doch sind die Klänge
Nur Bäume aus dem großen Wald der Ehre,
Einzelne Wogen aus dem weiten Meere,
Einzelne Stern' im nächt'gen Lichtgepränge.
Wo wär' ein Mund, der all' die Thaten sänge
Von diesem treusten, edelsten der Heere!
Nicht Feindesworte brechen diese Wehre,
Nicht Feindes Waffen, wer sie immer schwänge!
Ob Haß, Verrath, List und Verleumdung toben,
Sie können die Cyklopenwand nicht brechen,
Die aus lebend'gen Quadern ist erbauet:
Drum gilt's hier nicht zu schmeicheln, nicht zu loben,
Hier, wo die Thaten für sich selber sprechen;
Des Kaisers Heer darf sagen: »Kommt und schauet!« –

Über tredition

Eigenes Buch veröffentlichen

tredition wurde 2006 in Hamburg gegründet und hat seither mehrere tausend Buchtitel veröffentlicht. Autoren veröffentlichen in wenigen leichten Schritten gedruckte Bücher, e-Books und audio-Books. tredition hat das Ziel, die beste und fairste Veröffentlichungsmöglichkeit für Autoren zu bieten.

tredition wurde mit der Erkenntnis gegründet, dass nur etwa jedes 200. bei Verlagen eingereichte Manuskript veröffentlicht wird. Dabei hat jedes Buch seinen Markt, also seine Leser. tredition sorgt dafür, dass für jedes Buch die Leserschaft auch erreicht wird.

Im einzigartigen Literatur-Netzwerk von tredition bieten zahlreiche Literatur-Partner (das sind Lektoren, Übersetzer, Hörbuchsprecher und Illustratoren) ihre Dienstleistung an, um Manuskripte zu verbessern oder die Vielfalt zu erhöhen. Autoren vereinbaren direkt mit den Literatur-Partnern die Konditionen ihrer Zusammenarbeit und partizipieren gemeinsam am Erfolg des Buches.

Das gesamte Verlagsprogramm von tredition ist bei allen stationären Buchhandlungen und Online-Buchhändlern wie z. B. Amazon erhältlich. e-Books stehen bei den führenden Online-Portalen (z. B. iBookstore von Apple oder Kindle von Amazon) zum Verkauf.

Einfach leicht ein Buch veröffentlichen: **www.tredition.de**

Eigene Buchreihe oder eigenen Verlag gründen

Seit 2009 bietet tredition sein Verlagskonzept auch als sogenanntes "White-Label" an. Das bedeutet, dass andere Unternehmen, Institutionen und Personen risikofrei und unkompliziert selbst zum Herausgeber von Büchern und Buchreihen unter eigener Marke werden können. tredition übernimmt dabei das komplette Herstellungs- und Distributionsrisiko.

Zahlreiche Zeitschriften-, Zeitungs- und Buchverlage, Universitäten, Forschungseinrichtungen u.v.m. nutzen diese Dienstleistung von tredition, um unter eigener Marke ohne Risiko Bücher zu verlegen.

Alle Informationen im Internet: **www.tredition.de/fuer-verlage**

tredition wurde mit mehreren Innovationspreisen ausgezeichnet, u. a. mit dem Webfuture Award und dem Innovationspreis der Buch Digitale.

tredition ist Mitglied im Börsenverein des Deutschen Buchhandels.

Dieses Werk elektronisch lesen

Dieses Werk ist Teil der Gutenberg-DE Edition DVD. Diese enthält das komplette Archiv des Projekt Gutenberg-DE. Die DVD ist im Internet erhältlich auf **http://gutenbergshop.abc.de**